Le temple de fer

ŒUVRES PRINCIPALES

Les aventures de Harry Dickson
Les cercles de l'épouvante
La cité de l'indicible peur
Les contes du whisky
Les derniers contes de Canterbury
Les gardiens du gouffre
Le grand nocturne
Malpertuis
Le livre des fantômes
Le carrefour des maléfices
Les contes noirs du golf
La croisière des ombres
La gerbe noire
Visages et choses crépusculaires

Jean Ray

Harry Dickson
Le temple de fer
suivi de
Le roi de minuit

Librio

Texte intégral

Une édition intégrale de **Harry Dickson, le Sherlock Holmes** américain, est disponible aux Éditions Claude Lefrancq, Bruxelles.

Tous droits de reproduction, d'adaptation et/ou de traduction réservés pour tous pays © Succession Raymond de Kremer

LE TEMPLE DE FER

1. Préambule

L'affaire du « Temple de Fer » mérite une place toute spéciale, non seulement dans les Mémoires du célèbre détective Harry Dickson, qui faillit y laisser la vie, mais aussi dans les annales les plus formidables du crime.

— Rarement, devait avouer Harry Dickson, je me suis trouvé en face d'un problème plus angoissant, car l'impossible, l'invraisemblable, le fantastique s'y côtoyaient à tout instant. Du premier au dernier jour, je me crus plongé dans un vaste cauchemar et, à certains moments, j'eus l'impression que ma raison allait sombrer. La science fut mise au défi et, si elle a éclairé certains points, elle n'a cependant pas levé tout à fait le voile du mystère.

» Si encore tout ceci s'était passé dans quelque île perdue du Pacifique, dans une jungle tropicale, dans le Sertão brésilien, peut-être aurait-on pu admettre le côté fabuleux de l'aventure. Mais non, c'est en plein Londres qu'a eu lieu ce drame inouï. Pendant que les membres du Parlement discutaient, que les dancings étaient bondés, que les autos klaxonnaient, que les avions vrombissaient, que les téléphones sonnaient, pendant que les écoles et les universités accueillaient des jeunes gens avides de connaissance, un monde mystérieux et effroyable s'agitait dans l'ombre, tout près de nous.

» Sur un espace de quelques hectares à peine, j'ai connu les émotions de la brousse, des terres sauvages. Il y a des moments où je me demande si, à mon tour, je n'ai pas eu le terrible privilège de descendre au fond des enfers, tout comme Dante, le poète de l'*Inferno*.

» Et pourtant, j'ai vécu la singulière aventure du "Monstre Blanc" et tant d'autres encore.

» Jamais jusqu'à ce jour, je n'avais été en face d'êtres aussi formidables. Si ces créatures avaient réussi à dompter leurs passions, elles auraient facilement pu dominer le monde.

« J'ai dû lutter contre des monstres doués d'une invraisemblable puissance occulte, disposant de moyens surhumains.

» Certes il y a des heures où j'ai l'impression de n'en avoir pas fini avec eux, que certains parmi les plus puissants ont réussi à se glisser à travers les mailles du filet. Cela, l'avenir seul nous l'apprendra...

Harry Dickson ayant parlé, nous allons essayer de résumer les origines de l'affaire.

Avant que le célèbre détective ait eu à s'occuper de cette épouvantable histoire criminelle, les autorités avaient-elles connaissance de l'existence du «Temple de Fer»?

Oui et non, répondrons-nous. Seuls des bruits, encore assez vagues, couraient. Mais ce n'était encore qu'une légende, un conte bleu dans le genre de ceux que l'on se raconte après boire dans les bourgades oubliées d'Angleterre et même de Londres, où l'on se complaît encore dans les histoires de revenants.

Peu de temps avant que se déroule le récit qui va suivre, des jeunes gens d'excellente famille avaient disparu sans laisser de traces. Scotland Yard eut beau lancer ses meilleurs détectives sur la piste, le mystère resta entier. C'est alors que la légende du «Temple de Fer» prit forme, suivant laquelle une secte mystérieuse, les uns disaient des Dacoïts, ou des Thugs, d'autres des Chinois, d'autres encore des Malais, aurait possédé quelque part en Angleterre un temple secret, où ils se livraient aux pires maléfices.

La police enquêta mollement, et finit par arrêter un jeune matelot portugais, qui s'était laissé aller à des confidences assez particulières. Le lendemain de sa mise en prison, le marin fut trouvé mort dans sa cellule, sans qu'il fût possible de découvrir la cause précise de son décès.

Le second cas fut plus bizarre encore. Un soir, au cours d'une rafle, dans une riche taverne du West End, la police devait découvrir un tripot et une fumerie clandestine. Au moment de l'irruption des policiers, le patron de l'établissement avait pris le *chief constable* à part, pour lui demander si, en échange d'un renseignement précieux, on renoncerait à le poursuivre.

— Parlez toujours, et l'on verra après, répondit prudemment le chef.

— Eh bien! murmura l'homme d'une voix angoissée, les six hommes que vous trouverez dans le salon de jeu appartiennent au «Temple de Fer».

De fait, une demi-douzaine d'individus, des métis à l'aspect étrange, furent appréhendés et opposèrent un silence méprisant à toutes les questions qu'on leur posa. Ils furent entassés dans une des grandes autos de Scotland Yard, auto qui n'arriva jamais à destination. Elle disparut comme une fumée dans le vent, avec ses six prisonniers, son chauffeur, et les trois policiers d'escorte.

Quand le *chief constable* revint le lendemain à la taverne, il trouva le cadavre du tenancier étendu dans le salon de jeu. Le corps n'était plus qu'une vaste plaie saignante. Par la suite, ce même *chief constable* devait être victime d'un accident inexplicable. Passant, par un jour de grand vent, sur le quai, une ardoise détachée d'un toit l'atteignit et lui trancha la gorge, comme l'aurait fait une sagaie.

Scotland Yard chercha dans le vague, erra, fit quelques bévues, renonça à comprendre, puis à enquêter. L'affaire fut classée. Par tous les moyens, le gouvernement exerça une pression sur la presse, afin qu'il ne soit pas donné trop de publicité à ce que l'on persistait à vouloir considérer comme une légende. Il ne fallait pas affoler le public, car la vieille raison d'Etat affirme que les moutons enragés sont difficiles à conduire.

Il fallut un hasard pour que l'affaire fût remise au premier plan de l'actualité. Mais il fallut surtout que le célèbre Harry Dickson fût l'instrument de ce hasard.

Cela nous permet de raconter ici l'histoire extraordinaire du «Temple de Fer», qui semble relever bien plus du domaine de la fantasmagorie que de celui de la réalité.

2. La nuit du 4 octobre

Harry Dickson venait de passer une huitaine de jours à York, la superbe ville d'art anglaise. Il y avait été l'hôte de Mr. Mennesy, le célèbre historien, dont les ouvrages sur les civilisations disparues font autorité dans le monde entier.

Mr. Mennesy venait de faire l'acquisition d'une magnifique automobile, une Pontiac vingt-quatre chevaux du tout dernier modèle, véritable reine de la route, avec laquelle il comptait accomplir de vastes randonnées. A la fin de leur séjour à York, Harry Dickson et son élève Tom Wills avaient été priés d'être de la première excursion, invitation qui devait être acceptée avec enthousiasme.

De York, l'auto piqua sur Leeds, sur Bradford et Manchester puis, se dirigeant vers le sud, elle longea les bords mélancoliques du Severn.

On avait décidé d'atteindre Cardiff, pour s'embarquer ensuite, avec la voiture, sur le ferry-boat qui traverse le canal de Bristol, et continuer par le pays de Cornouailles.

Le chauffeur de Mr. Mennesy, le jeune Anthony Spring, était un as du volant, et la merveilleuse machine lui obéissait comme un pur-sang bien dressé.

On approchait de Bristol, là où le Severn commence à s'élargir en un bel estuaire. Un peu de brume crépusculaire flottait.

Les phares de l'auto, munis de disques Sidac, projetaient leurs pinceaux orangés sur la route macadamisée. On connaît la curieuse propriété de la clarté orange de pouvoir pénétrer le brouillard, et les passagers de la puissante voiture s'amusaient à voir au passage les objets bordant la route se teindre de cuivre liquide.

Soudain la machine ralentit son allure.

Le chauffeur exerça une légère pression sur l'accélérateur.

Rien n'y fit : la voiture ralentit encore, continua à rouler durant quelques instants, puis s'arrêta sans que les freins aient été employés.

— Impossible ! s'écria Mr. Mennesy, une voiture comme celle-ci ne connaît pas de pannes !

Car l'historien était un de ces automobilistes fanatiques qui défendent aveuglément leur machine.

Anthony Spring se retourna, rouge de confusion.

— Je mérite d'être renvoyé sur-le-champ, monsieur Mennesy, dit-il d'un ton penaud. Cet arrêt est dû à une vulgaire panne d'essence. Je n'avais d'yeux que pour le compteur kilométrique et j'en ai oublié de consulter la jauge du carburant. Logiquement, j'aurais dû faire le plein à Manchester.

— Nous voilà bien, marmonna Mennesy. Allons-nous devoir passer la nuit sur la route, dans ce satané brouillard qui monte du fleuve ? Attendre qu'une auto passe et veuille bien nous prêter quelques litres d'essence ? Ou bien, honte suprême, nous faire prendre en remorque ? Anthony, je pourrais vous pardonner votre négligence, mais la Pontiac ne le fera jamais !

Harry Dickson se mit à rire et dit à l'adresse du jeune chauffeur :

— Craignez l'ire de la déesse de la vitesse, Anthony ! Mais quant à rencontrer une automobile providentielle, je ne l'espère pas trop. Vous avez choisi une très bonne route, mais malheureusement peu fréquentée. Non, non, je ne vous fais pas de reproches, mon garçon, car sans ce choix nous n'aurions pu jouir de ces merveilleux paysages riverains et crépusculaires. Allons plutôt explorer les environs, pour tenter de trouver de l'essence par nos propres moyens.

Tom Wills avait pris la carte routière du pays de Galles et l'étudiait en hochant la tête.

— Rien qui ressemble à un village, ni même à un hameau par ici, fit-il remarquer. Pas même une maison isolée. Ah ! tout de même... Qu'est ceci ?

Du doigt, l'apprenti détective indiquait un trapèze noirci de hachures, et dans lequel s'inscrivait en petits caractères : *Domaine de Cricklewell*.

— Les baronnets de Cricklewell ! s'écria Mennesy. Un vilain nom dans l'Histoire, messieurs... Il y eut des seigneurs de Cricklewell qui, au début du XIVe siècle, firent la connaissance du bourreau de Sa Majesté pour s'être unis à la perfide Isabelle de France, qui fit assassiner son infortuné mari Edouard II, roi d'Angleterre. En 1860, une année avant sa mort, notre gracieux prince Albert obtint de son auguste épouse, la bien-aimée reine Victoria, que l'on fît une enquête des plus sévères contre les Cricklewell. On découvrit une série de crimes crapuleux : filles de ferme, femmes de pêcheurs et d'ouvriers attirées dans leur sinistre manoir et assassinées lâchement. La légende de Barbe-Bleue se renouvela dans ces paisibles contrées. Aussi la justice anglaise se montra-t-elle impitoyable. Les baronnets de Cricklewell, le père et trois de ses fils, furent battus de verges et pendus haut et court, et pour leur plus grande honte, devant le perron du château maudit. Par ordre royal, la potence où ils terminèrent leur coupable existence devait rester en place pendant cent ans ! Elle doit encore y être, puisque les temps ne sont pas révolus. Cela a suffi pour vouer le castel et le domaine au plus complet abandon. Il n'y a plus de Cricklewell en Angleterre, bien que leur titre soit resté, car leur noblesse remontait à Hastings et il y avait un Cricklewell parmi les compagnons de Guillaume le Conquérant.

» Bien entendu, personne ne s'est soucié de faire l'acquisition de ce domaine rouge de crimes, où la honteuse présence de la potence persiste toujours, telle une malédiction. Je suis persuadé, mon cher Tom Wills, que vous n'y trouverez que des hiboux et des crécerelles ou des légions de choucas, habitants qui ne disposent ni d'autos ni d'essence.

Content de son discours, Mr. Mennesy se cala confortablement et leva les yeux au ciel, comme pour le prendre à témoin de la véracité de ses paroles. La brise nocturne avait enfin chassé la brume et le ciel était maintenant d'un bleu sombre et profond, piqué de myriades d'étoiles.

Tout à coup, l'historien poussa un léger cri de surprise et leva le doigt, indiquant à travers le pare-brise un point lumineux et mobile parmi l'immuable paix des astres.

— Une étoile filante ! s'écria-t-il.
— Je souhaite trois bidons d'essence ! jeta précipitamment Tom Wills.

Mais l'étoile filante devint une traînée de feu, puis une banderole incandescente d'un éclat insoutenable. Les voyageurs entendirent un bruit comparable à celui d'une puissante locomotive lancée à toute vitesse.

— Il ne ferait pas bon se trouver sur son chemin, à votre étoile filante, s'écria Harry Dickson d'un ton où perçait un peu d'effroi.

Le bruit s'était changé en un véritable rugissement et, soudain, il se transforma en décharge d'artillerie. En même temps, l'horizon s'embrasait.

A cette lueur, brève mais terrible, les automobilistes distinguèrent, à moins d'un mile devant eux, une haute muraille d'enceinte au-dessus de laquelle émergeaient des lourdes frondaisons d'arbres à peine dépouillés par l'automne. Puis ce fut à nouveau l'ombre et le silence.

— Je veux voir cela de près! s'écria le détective. M'accompagnez-vous, Mennesy?

Mais l'historien se trouvait si bien sur les coussins moelleux de la voiture qu'il déclina l'offre.

— Allez, si le cœur vous en dit, Dickson, et ne vous préoccupez pas de moi. Je garderai la voiture. Tom Wills peut vous accompagner. Quant à Anthony, je lui conseille de longer le Severn vers l'aval. Il se peut qu'il trouve une péniche à moteur amarrée, où il pourra se procurer de l'essence.

— L'idée est bonne, déclara le détective. Allons, Tom, essayons de découvrir ce mystérieux bolide.

— A mon avis, il est tombé à l'intérieur de l'enceinte, dit Tom Wills.

— Il y a assez de place pour cela, fit Mennesy en riant. Allez donc aux nouvelles. Je vous attendrai ici sans trop d'impatience.

Harry Dickson et son élève s'élancèrent sur la route.

Ce jour-là, le calendrier marquait la date du 4 octobre, que le détective ne devait plus oublier.

La nuit, bien que sans lune, était claire. Bientôt les deux hommes distinguèrent la masse sombre des hautes murailles du manoir. Derrière eux, la double étoile des phares de l'auto trouait l'obscurité. Ils entendaient Anthony Spring s'éloigner le long du fleuve en sifflant une marche militaire. Dix minutes plus tard, les murs d'enceinte du domaine de Cricklewell leur barrèrent le chemin.

Au cours du quart d'heure qui suivit, Harry Dickson et Tom Wills longèrent une haute paroi de pierre grise et lisse, qui ne présentait ni porte ni la moindre ouverture.

— Il me semble que, pour un manoir en ruine, le mur d'enceinte est en bien bon état, fit remarquer Tom Wills.

Tout à coup, Harry Dickson saisit le bras de son élève.

— On ne se gêne guère là-dedans! murmura-t-il.

De formidables chocs venaient de retentir derrière la muraille. On aurait dit des coups forcenés assénés par quelque prodigieux marteau-pilon sur une masse métallique. Tout en tremblait autour des détectives.

— Une porte! s'écria soudain Tom Wills en montrant une petite poterne, dissimulée derrière un rideau de pariétaires.

— Et elle n'est pas fermée, ajouta Harry Dickson en poussant le battant.

Un parc énorme, sombre comme la mer, s'étendait devant eux. Comme ils s'y hasardaient, la terre gronda sous leurs pas, puis trembla. Les arbres séculaires semblaient frappés brusquement d'une frénésie inexplicable, entrechoquant leurs maîtresses branches. Une pluie de feuilles sèches tourbillonna autour des hommes, et cela bien que la nuit fût calme et sans brise.

— Il doit y avoir des fantômes dans le manoir des Cricklewell, murmura Tom Wills sur un ton mi-plaisant, mi-effrayé, et voilà qu'ils nous souhaitent la bienvenue.

Mais tout était soudain redevenu tranquille. Seul, un vol de nocturnes, troublés dans leur quiétude, chuintait aigrement au-dessus des frondaisons du parc.

Une immense pelouse en proie aux chardons, aux ivraies et aux avoines folles, s'étendait devant les deux intrus. Ils s'y engagèrent comme dans une jungle.

— J'espère qu'il n'y a pas de vipères dans cette brousse, souhaita Tom Wills en s'avançant avec prudence.

Soudain, Harry Dickson s'immobilisa.

Une forme singulière, vaguement luisante, venait de surgir d'un taillis. On entendit les hautes herbes bruire, comme si le vent les agitait impétueusement. A l'orée de la grande futaie, une biche se mit à bramer de terreur.

Harry Dickson essuya son front couvert de sueur.

— Impossible ! l'entendit murmurer Tom Wills.

— Quoi donc, maître ?

— Rien... Je ne sais... Je me trompe probablement... Silence !

Malgré l'ordre du maître, Tom Wills allait continuer à poser des questions, quand son attention fut sollicitée par un détail nouveau.

Devant eux, par-delà la pelouse, se dressait la haute masse obscure du manoir. Un bizarre objet grêle se détachait devant lui, tendant des bras maigres vers le ciel.

« La potence ! » se dit le jeune homme qui ne put s'empêcher de frissonner.

Mais aussitôt, son attention fut détournée de l'instrument de supplice : une des fenêtres basses du château, réputé abandonné, venait de s'éclairer.

Harry Dickson avait dû remarquer ce détail en même temps que son élève, car celui-ci l'entendit respirer profondément, comme il faisait toujours sous l'effet d'une émotion soudaine.

— On va jeter un coup d'œil ? demanda Tom Wills, si bas qu'il s'entendit à peine lui-même.

Pour toute réponse le détective lui prit la main et l'entraîna. Pour éviter le bruit des hautes herbes froissées, ils firent un grand crochet autour du parc, demeurant autant que possible, ombres parmi les ombres, à l'abri des murailles.

Ils n'allèrent pas loin, car un appel venait de retentir tout près :

— *Appletree !*

Bien que l'heure ne se prêtât nullement aux plaisanteries, ni Dickson ni Tom ne purent retenir un sourire. Qui donc s'amusait à lancer aux tristes échos de ce domaine ce mot rustique : *Appletree* — pommier ?

La voix qui l'avait proféré était rauque et désagréable. Deux minutes plus tard, l'appel retentit à nouveau, plus proche, presque au-dessus de la tête des visiteurs nocturnes.

— *Appletree !*

Tom Wills leva les yeux et s'approcha davantage de

Harry Dickson accroupi maintenant contre la muraille de façade du manoir.

— La voix semble venir du ciel, murmura le jeune homme.

Dickson, qui venait de penser la même chose, approuva de la tête.

C'est à ce moment qu'une chose singulière se produisit : la fenêtre de la chambre éclairée s'ouvrit avec précaution et, aussitôt, la voix aérienne répéta avec vélocité :

— *Appletree! Appletree! Appletree!*

Quelque chose d'invisible buta contre une vitre, puis une forme rapide, hideuse, une sorte de bras de poulpe, jaillit de la fenêtre, s'éclaira un instant en rouge et battit affreusement l'air, comme pour saisir quelqu'un.

Une petite plainte s'éleva, suivie d'un ricanement si horrible que Tom Wills se pressa contre son maître en tremblant d'effroi.

— Venez, ordonna Harry Dickson avec une douce fermeté.

Ils rampèrent jusque sous la mystérieuse fenêtre. Le détective se redressa avec mille précautions et jeta un coup d'œil dans la pièce éclairée. Presque aussitôt, il se baissa.

— Tom, dit-il tout bas, je n'ai jamais rien vu de plus abject, de plus terrible non plus. Si vous n'êtes pas sûr de vos nerfs, abstenez-vous de regarder.

Mais la curiosité fut la plus forte chez le jeune homme. Lentement, il se redressa à son tour, pour jeter un regard par-dessus le bord de la fenêtre.

La main du détective se posa sur la bouche de son élève, juste à temps pour l'empêcher de jeter un cri.

Dans une haute pièce remplie d'ombre, une grosse chandelle de suif brûlait sur un coin de table, et la lueur vacillante de la flamme tombait en plein sur un visage. Mais quel visage! Humain? Sans doute, mais trois fois plus large que n'importe quel masque d'homme. Le nez manquait presque complètement et une bouche immense découvrant d'épouvantables dents jaunes s'élargissait en une formidable grimace jusqu'aux lobes de longues oreilles pointues. Mais le plus repoussant, c'étaient les yeux. Enormes, ronds et globuleux, fixes et sans battements de paupières, vides de tout regard, ils reflétaient, comme des disques de métal, la flamme de la chandelle. Le teint du visage monstrueux était d'un blanc laiteux d'albâtre.

La fenêtre était restée entrouverte, et un bruit particulièrement répugnant venait de l'intérieur. C'était celui d'une mastication bruyante, une déglutition bestiale, d'un broiement gras d'os et de chair.

Harry Dickson tira son élève par le bras.

— Allons-nous-en... Je ne me soucie nullement d'avoir affaire à un pareil adversaire... Avez-vous vu ses mains, Tom ?

Le jeune détective se mit à trembler comme une feuille. Oui, il avait vu !

C'était d'une hideur invraisemblable ! Ces « choses » qui déchiraient une proie invisible et saignante étaient bien plus des pattes que des mains, des pattes invraisemblablement velues et pourvues d'ongles jaunes et tranchants pareils à des griffes.

Quand les deux hommes eurent regagné le couvert des arbres, Harry Dickson pressa le pas, courant presque, en direction de la poterne. Ils l'atteignirent sans encombre, et poussèrent un soupir de délivrance en la franchissant à nouveau.

Comme la route macadamisée leur parut belle ! Et quand, au loin, les phares de la voiture brillèrent, ils auraient voulu chanter de joie.

— Tom, dit Harry Dickson, le mieux serait de ne rien raconter de ce que nous avons vu. Je ne sais pourquoi, mais tout en moi me dit que je retournerai bientôt dans ces lieux, pour y procéder à de plus amples recherches. Qu'est devenu, en effet, ce bolide tombé dans le parc et qui aurait assurément été capable d'en faire brûler les arbres comme de vulgaires allumettes ? Nous n'avons pas vu une étincelle, pas une fumée. A peine une senteur de roussi, de métal surchauffé plutôt, flottait-elle dans l'air. La logique se révolte devant de telles contradictions. Nous ne dirons rien à Mennesy et nous reviendrons.

— Mais la créature dans le manoir... ? commença Tom Wills.

— A première vue, j'ai cru à l'apparition d'un orang-

lord, répondit Dickson, un de ces étranges et énormes monstres de la jungle de Bornéo. Mais, à présent, je doute...

— Et que mangeait-il?

— L'être qui ne cessait de réclamer *Appletree!*, expliqua Dickson.

— L'être? Je n'ai vu personne! Qui était-ce?

— Une pie, Tom, une pie savante à qui on avait appris à parler comme à un perroquet... J'ai dans l'idée que cette pauvre bête, même défunte, pourra encore nous être de quelque utilité par la suite.

— Tiens, s'écria Tom Wills, Anthony a trouvé de l'essence!

Il en était ainsi. Après avoir parcouru trois miles d'un bon pas, le chauffeur avait aperçu une péniche à moteur qui remontait le Severn et, à force de cris, il était parvenu à attirer l'attention des mariniers. Par des bonnes paroles et, surtout, un nombre respectable de shillings, Anthony Spring était parvenu à obtenir un bidon d'essence.

La Pontiac, alimentée maintenant en carburant, trépidait déjà d'impatience.

— Eh bien! demanda Mr. Mennesy à l'adresse de Harry Dickson et de Tom Wills, comment se portent le château des Cricklewell et son étoile filante?

— On y entend les pommiers sauvages plutôt qu'on ne les voit, tellement il y fait noir, répondit malicieusement Tom Wills.

— Là... Qu'est-ce que je vous disais? répliqua l'historien.

L'automobile fila bon train. Harry Dickson, les yeux mi-clos, réfléchissait déjà, avec l'intensité qui lui était coutumière, au nouveau mystère qui venait de se présenter à lui.

Tom Wills coulait de temps à autre un regard effrayé en direction du sinistre manoir, comme s'il s'attendait que quelque fantastique apparition, prête à fondre sur eux, ne jaillisse du fond de la nuit.

3. L'homme qui voulait atteindre la Lune

— C'est entendu, *Appletree* signifie pommier. C'est banal, vulgaire, tout ce que vous voudrez... et pourtant cela me dit quelque chose. Mais quoi?

C'était Harry Dickson qui parlait. Ils étaient quatre autour d'une table, dans un grill-room de Holborn : le détective, Tom Wills, Goodfield, superintendant de Scotland Yard, et Scarlett, reporter à l'*Evening Dispatch*.

Goodfield haussa les épaules.

— Moi, fit-il avec un gros rire, cela ne me dit qu'une chose, c'est que ces magnifiques pommes rouges, posées sur cette coupe, proviennent certainement d'un pommier, d'un *appletree*, et que je vais en croquer une. Aha! Aha!

Scarlett, les coudes sur la table, la tête dans les mains, réfléchissait.

C'était un journaliste sans grande envergure, qui n'était jamais parvenu à atteindre la célébrité dans son métier, qu'il exerçait cependant avec amour, sinon avec talent. Il possédait en outre une excellente mémoire. « On consulte Scarlett comme on consulterait une encyclopédie vivante », disait souvent Harry Dickson en riant. Aujourd'hui, le détective mettait son espoir dans cette prodigieuse mémoire du journaliste.

— Attendez, dit celui-ci. Attendez. C'est bien vague encore, mais je crois pourtant me souvenir. Cela s'est passé il y a des années... Ah! j'y suis... Vous rappelez-vous les expériences du Dr Pereiros, ce Vénézuélien qui possédait un chantier quelque part, dans les îles Sous-le-Vent?

— J'y suis à mon tour! s'exclama Harry Dickson. Il s'agit de cet homme qui voulait construire une fusée capable d'atteindre la Lune?

— Un précurseur du Dr Goddard de New Jersey et de tant d'autres, continua Scarlett. Pereiros consacra une fortune à des expériences que l'on prétendait absurdes. A la fin, il vint en Angleterre, car seules les fonderies de Leeds ou de Birmingham auraient pu fournir l'acier nécessaire à la construction de sa fusée. Celle-ci, une fois terminée, s'éleva d'ailleurs, mais pour retomber aussitôt... dans un pommier du voisinage.

— Et sans doute affubla-t-on le malheureux inventeur du surnom d'*Appletree*, glissa Tom Wills.

— Tout juste, mon cher !

— J'y suis maintenant ! dit Harry Dickson. Je me souviens d'avoir entendu prononcer ce nom sans gloire et fortement entaché de moquerie. *Appletree !* Si je ne m'abuse, après cette tentative désastreuse, Pereiros disparut et l'on n'entendit plus parler de lui.

Scarlett leva la main en signe de protestation.

— Pourtant ce malchanceux ne méritait guère pareil oubli. Le grand savant français, Raoul Esnault-Pelleterie, qui fonda un prix pour les premières recherches sur les communications interplanétaires, s'intéressa à la tentative avortée. On dut reconnaître que Pereiros, ou *Appletree* comme on l'appelait désormais, avait résolu un nouveau problème de balistique. Aucun explosif, connu à ce jour, ne parviendrait à envoyer un mobile assez loin de la Terre pour qu'il entrât dans la sphère d'attraction sélénite. Théoriquement, l'engin de Pereiros aurait pu le faire, mais la fatalité s'en mêla. Quand on voulut retrouver l'inventeur, il avait disparu et personne ne le revit.

— Maître, murmura Tom Wills à l'oreille du détective, rappelez-vous l'étrange bolide qui tomba dans le parc de Cricklewell.

Le jeune homme sentit tout à coup le pied du détective presser le sien, sous la table. Il comprit et se tut.

La conversation dériva. A onze heures, Goodfield prit congé de ses compagnons. Le barman servit les liqueurs.

— Scarlett, dit tout à coup le détective, j'ai besoin de vous pour une expérience toute personnelle...

— Disposez de moi, monsieur Dickson, répliqua le journaliste dont le visage refléta une joie très vive.

— Je vous demanderai, pour le moment, de ne pas me poser de questions, car il se peut que je m'engage dans le néant, que je ne poursuive que des fantômes. Voulez-vous insérer l'annonce suivante dans votre journal : *On vient de retrouver une pie grièche, très bien dressée, et prononçant le mot* Appletree. *S'adresser*...

Le détective se tut.

— Il faut maintenant que je fasse venir la personne qui s'intéresse à cet animal dans un endroit où nous puissions la voir sans être vus d'elle, continua-t-il.

Scarlett intervint aussitôt.

— Rien n'est plus facile, monsieur Dickson. J'habite une rue très tranquille de Chelsea : Shawfield Street. En face de chez moi, il y a une maison qui se loue par chambres et appartements. Il n'y a pas de concierge, et on y entre un peu comme dans un moulin. Le second étage est vide et, de chez moi, on peut voir ce qui s'y passe.

» On pourrait aisément arranger la chose. Annoncez qu'un Mr. Smith ou Jones recevra l'intéressé dans son appartement de Shawfield Street, n° 182 b, tel jour à telle heure. J'irai épingler une pancarte portant le nom de Smith ou de Jones sur la porte de l'appartement vide. Nous aurons ainsi tout le loisir d'observer celui qui répondra à l'annonce.

— Magnifique ! s'écria le détective en serrant la main du journaliste. Complétez donc l'annonce comme suit, mon cher Scarlett : *S'adresser 182 b, Shawfield Street, au deuxième étage, chez Mr. Jones, jeudi à 4 heures de l'après-midi.*

Scarlett prit note de l'annonce.

— Cela paraîtra demain et les jours suivants, dit-il.

Harry Dickson remercia le journaliste et rendez-vous fut conclu pour le jeudi à une heure. On prendrait un lunch sur le pouce chez Scarlett.

Au jour dit, Harry Dickson et Tom Wills étaient présents à Shawfield Street.

— J'ai préféré venir très tôt, dit le détective. Si l'homme qui s'intéresse à la pie perdue est tel que je me le représente, il prendra quelques précautions lui aussi, comme par exemple de surveiller ou de faire surveiller la rue.

Scarlett était célibataire et ne s'offrait pas le luxe de domestiques.

On grilla des tranches de bœuf sur le réchaud à gaz, et l'on compléta le repas par une copieuse omelette.

Ce lunch sommaire expédié, Tom Wills occupa son poste de guet derrière les épais rideaux de la chambre. Il avait pour consigne de surveiller attentivement les allées et venues dans la rue.

Ce n'était pas une mission difficile, car Shawfield Street est une artère tranquille et, durant les heures neutres de l'après-midi, presque complètement déserte. A trois heures, le jeune homme n'avait signalé que le passage de deux chiens maraudeurs, de l'agent de service dans le quartier, d'une bonniche et de quelques taxis qui ne s'arrêtèrent point.

Mais, un quart d'heure plus tard, les choses changèrent d'aspect, car il appela Dickson et Scarlett, attablés devant un jeu d'échecs.

— Venez voir, dit-il. Par deux fois un homme a tourné le coin de Kings Road, a jeté un regard dans la rue, puis s'est éclipsé. De l'autre côté de la rue, vers Redesdale Street, un autre accomplit le même manège. Celui-là a observé de loin la maison d'en face, puis s'est défilé en douce. Ah! tenez, les voici qui viennent l'un vers l'autre. Ils s'avancent sur le trottoir d'en face. Je suis certain que rien dans la rue n'échappe à leurs regards. Mais... quels singuliers bonshommes!

Harry Dickson les observait déjà : des hommes de petite taille, aux visages basanés, les yeux, très noirs, luisant comme des charbons.

— Ces lascars ne sont pas d'ici, murmura Scarlett, je les prendrais volontiers pour des métis mexicains. Observez-moi cette allure souple, presque reptilienne; ces gens doivent pouvoir ramper dans la forêt, comme des fauves.

— Très juste, Scarlett, approuva Harry Dickson. Je me demande s'ils vont s'accoster ou entrer dans la maison.

Ils n'en firent rien. Ils se croisèrent, sans même se dévisager, sans jeter un regard sur la maison d'en face.

— N'empêche, ils doivent se connaître comme des frères, dit Harry Dickson, tandis qu'ils disparaissaient chacun à un coin respectif de la rue.

Shawfield Street reprit sa tranquillité première et, pendant les quarts d'heure qui suivirent, seul un appel de camelot en troubla le silence quasi vespéral.

Harry Dickson et Scarlett gardèrent pourtant leur poste de guet à côté de Tom Wills. Quatre heures sonnèrent.

Presque aussitôt retentirent des pas pressés, et un

homme déboucha de Kings Road : petit de taille, la figure bronzée barrée d'une fine moustache noire. Les guetteurs lui attribuèrent immédiatement un air de parenté avec les deux hommes passés trois quarts d'heure auparavant.

Mais alors que ces derniers étaient simplement et presque pauvrement vêtus, le dernier venu était mis avec quelque recherche.

Il portait un complet gris clair de bonne coupe, un feutre beige fortement rabattu sur les yeux, il tenait, sur le bras gauche, un imperméable en gabardine bleue, et sa main droite brandissait une fine badine. Sans s'arrêter, il s'engouffra dans le vestibule de l'immeuble d'en face.

Les yeux de Dickson et de ses compagnons se fixèrent immédiatement sur les fenêtres du second étage.

Leur attente ne fut pas longue.

Ils virent brusquement la porte s'ouvrir, et l'homme entrer en coup de vent dans la pièce. On put voir qu'il tenait un revolver dans la main.

— Mr. Jones aurait trouvé à qui parler, s'il avait existé ! ricana Scarlett.

A ce moment, l'homme, qui s'était avancé au milieu de la pièce, eut un geste de colère, et son chapeau tomba.

— C'est lui ! s'écria Scarlett, je le reconnais, c'est Pereiros, c'est *Appletree* !

Appletree, immobile, semblait réfléchir. Manifestement il se savait joué, et les guetteurs s'aperçurent que tout dans son attitude exprimait l'inquiétude, la colère, la perplexité.

Harry Dickson l'observait en silence.

Il y avait quelque chose d'ambigu dans cet homme. Son corps paraissait débile, trop chétif pour supporter la tête grosse et lourde, trahissant l'intelligence. Le regard était trop brillant et en même temps fuyant. Un mélange de cruauté, de méchanceté, de tristesse devait habiter cet être dont le front était pourtant celui d'un grand penseur.

— Voici donc l'homme qui tenta le premier pas pour quitter l'orbe terrestre, qui osa affronter l'espace interplanétaire, murmura-t-il avec une admiration mêlée d'effroi.

Le détective secoua la tête. Il semblait irrésolu et peiné à la fois.

— Il m'est quelquefois arrivé de flairer le mystère comme les chiens flairent un gibier. Croyez-moi, Scarlett, cet homme-là se meut dans un mystère épais. Lequel ? Je ne puis le dire. Mais je le crois de taille à le défendre, si cela lui plaît.

— Faudra-t-il être sur ses gardes ? demanda le journaliste.

— Je le crains. Voici deux fois que ses regards inquisiteurs semblent vouloir percer l'épaisseur de vos rideaux. J'oserais presque dire qu'il nous voit aussi bien que nous le voyons.

— Bah ! se gaussa le reporter, un gringalet pareil ! J'en ai maté d'autres que lui. Si la farce lui déplaît, il n'aura qu'à venir se plaindre chez moi.

Pereiros se détourna brusquement de la fenêtre et sortit de la chambre vide ; quelques instants plus tard, il quitta l'immeuble et, sans plus jeter un regard autour de lui, s'éloigna vers Kings Road.

— J'aurais dû le suivre ! s'écria Tom Wills.

— Inutile, mon garçon, mes petits crieurs de journaux sont déjà sur les lieux : Butts et Kid Noll vont lui emboîter le pas.

A sept heures, Butts vint faire son rapport dans Baker Street avec l'air penaud d'un chat qu'un moineau aurait pris.

— C't' oiseau-là, grommela-t-il, en poussant son chewing-gum dans un coin de sa joue, c'est pas un oiseau ordinaire. La preuve, c'est qu'il a dû s'envoler près de Town Hall ; voilà que Kid Noll se met à éterner comme un chameau, puis il crie qu'a reçu du poivre dans les yeux. Mais je ne sais pas d'où cette caresse aurait pu lui venir. Moi je le laisse se guérir tout seul, et je file mon homme. Au coin d'Arthur Street je me rapproche de lui, histoire de me rappeler sa figure.

» Brusquement il se retourne et me fait signe de lui vendre un journal. Je me méfie, mais pas question de refuser, sinon le particulier, il aurait senti le vent.

» Je lui donne une feuille, et il me tend un shilling sans dire un mot. Puis il se ravise et prend un bout de papier dans sa poche, dans lequel il enveloppe le shilling.

« — Faut-il la monnaie de cette grosse pièce, Gov'nor ? que je lui dis, si oui, faut que je passe d'abord par la banque d'Angleterre où j'ai un compte. »

» Eh bien, quoi ? Le bonhomme n'y était plus ! J'ai perdu une heure à le chercher.

» Ah ouiche ! autant chercher la statue de Trafalgar Square se promenant dans la City. Voilà toujours le papier, monsieur Dickson. Le shilling, je peux le garder, je suppose ?

— Et ces cinq autres avec, dit le détective en lui tendant une large pièce d'argent ; puis il déplia le papier :

Si vous êtes l'homme intelligent que je vous crois être, monsieur Dickson, lut le détective, *n'exposez plus la vie des autres, ni la vôtre, en vous occupant d'affaires auxquelles vous ne pouvez rien comprendre. — A.*

Harry Dickson replia le billet en silence.

Quand Butts fut parti, il appela l'*Evening Dispatch* et demanda Scarlett au téléphone.

Ce fut le chef de l'information lui-même qui répondit :

— Scarlett devrait être ici depuis une heure, nous nous étonnons de ce retard, car c'est l'homme le plus ponctuel que nous connaissions. J'ai sonné chez lui et je n'obtiens pas de réponse.

— Bien, répondit Harry Dickson, voulez-vous m'appeler dès qu'il arrivera ?

— Certainement, monsieur Dickson.

A neuf heures, le téléphone vibra.

C'était encore le chef de l'information : Scarlett n'était pas venu au journal.

Cette fois, Harry Dickson s'alarma et avertit Goodfield.

— Tout me laisse croire qu'il y a du vilain, dit-il au superintendant.

Une demi-heure après la réponse vint :

— Scarlett est mort, monsieur Dickson, on l'a retrouvé assis dans son fauteuil, la tête retombant sur la poitrine.

— Crime ? demanda le détective.

— Le médecin dit embolie, répondit Goodfield.

... Et l'autopsie exigée par le détective ne révéla rien de plus. De l'avis des plus brillants médecins légistes, une embolie venait d'avoir raison de la belle jeunesse du reporter de l'*Evening Dispatch*.

Le soir où cette nouvelle lui fut communiquée, Harry Dickson s'enferma dans son cabinet avec son élève Tom Wills, en interdisant sa porte aux visiteurs.

— Tom, dit-il, comme cela nous est arrivé quelquefois dans notre carrière, nous avons dû déclarer, presque à notre insu, la guerre à de redoutables forbans.

» Ils viennent de nous tuer Scarlett, telle est mon opinion, malgré l'avis contraire de la Faculté. Nous devrons nous mettre à la recherche du sieur Pereiros, l'homme qui essaya d'atteindre la Lune. Un savant, du reste, je viens de lire les rares revues scientifiques qui ont voulu s'occuper de ses travaux d'antan. Elles s'accordent pour reconnaître la valeur de Pereiros, tout en exprimant des doutes quant au succès de son entreprise.

» Je ne puis compter sur l'aide de la police officielle, car je ne puis accuser de rien le mystérieux *Appletree*, dont elle ignore même la présence en Angleterre. On parle parfois de rechercher une aiguille dans une meule de foin, je crois que ce serait chose autrement plus aisée que de trouver une créature inconnue comme Pereiros, et surtout avisée comme elle doit être.

» Si je vous dis ceci, c'est pour vous prier de bien vous tenir sur vos gardes. Je crois que nous aurons des coups à essuyer.

— Maître, dit Tom Wills, je me suis permis d'entreprendre une enquête personnelle auprès de notre ami Goodfield. Je lui ai demandé de me dire exactement comment il avait trouvé ce pauvre Scarlett.

» Il paraît qu'il était assis face à la fenêtre : stores levés et rideaux écartés. Au moment de mourir, il regardait donc la fenêtre de la maison d'en face.

» N'oubliez pas que le verrou était mis à la porte du journaliste.

— Continuez, Tom, dit le détective, dont le visage exprima l'intérêt.

— J'ai poussé la curiosité jusqu'à me hasarder dans l'appartement vidé, où nous avons fait venir *Appletree*. Il n'y avait pas grand-chose à glaner par là, car les pièces sont très bien entretenues par une femme de journée qui y promène son balai tous les matins. Conclusion : pas de poussière pour y retenir les empreintes. Mais j'ai trouvé néanmoins des traces luisantes, pareilles à celles que laissent de grosses limaces après leur promenade nocturne.

» A l'aide de mon couteau j'en ai raclé quelques-unes, et j'ai recueilli ceci.

D'un papier plié il sortit en effet quelques légers copeaux de bois, auxquels adhérait une substance colloïdale, déjà durcie au contact de l'air.

Harry Dickson la palpa, la renifla, puis l'examina au microscope.

Mais cet examen semblait plus le dérouter qu'autre chose.

— C'est, en effet, en tout point pareil à la bave visqueuse des limaces, dit-il.

— Ce seraient de fameuses limaces dans ce cas : les traces étaient larges d'un pied, pour le moins.

— Tom, dit le détective, bien que ceci ne nous apprenne rien pour le moment, vous avez fait du très bon travail, et je n'aurais pu faire mieux. Je vous avoue que l'idée ne m'était pas venue d'examiner la chambre d'en face. J'ai eu tort. Heureusement, vous étiez là !

Tom Wills sentit tout le poids de cette louange, si gravement accordée par son illustre maître.

— Monsieur Dickson, j'ai dans l'idée... que Scarlett... est mort de peur !

Le détective regarda longuement son élève.

— Pour la seconde fois, ce soir, je vous dois des félicitations, dit-il à mi-voix.

— Mais comment ? Qui... aurait pu ?... s'écria le jeune homme.

— Pensez donc à la créature terrifiante de Cricklewell Manor, dit lentement le détective.

Tom Wills eut un soubresaut de terreur, et ce soir-là, les deux détectives n'en dirent pas plus long.

4. L'autobus escamoté

Une quinzaine se passa sans alarmes.

Comme Harry Dickson l'avait prévu, toutes les recherches visant à retrouver l'énigmatique Pereiros demeurèrent vaines.

On approchait de la fin octobre. Un brouillard d'eau

noyait Londres; les parcs publics se dépouillaient des dernières feuilles mortes, valsant éperdument au furieux vent d'ouest.

Tom Wills, malgré un rhume qui le dotait d'un nez rouge et d'yeux larmoyants, continuait à battre la métropole, espérant toujours voir surgir *Appletree*; Butts et Kid Noll l'aidaient dans ses recherches.

Ces deux gamins avaient tenu à l'œil Shawfield Street, tout l'après-midi durant, et vers le soir ils vinrent triomphalement au rapport de Baker Street.

Non, ils n'avaient pas revu le gentleman-oiseau, comme ils dénommaient rageusement Pereiros, mais un petit homme tout aussi basané, et qui avait prêté une grande attention à la maison vide.

Harry Dickson résolut de se mettre en campagne malgré l'heure tardive. Il déclina l'offre de Tom de l'accompagner, car le pauvre garçon toussait à fendre l'âme, et Mrs. Crown, la gouvernante, lui prédit, s'il ne se soignait pas, un tas de maux, dont la phtisie galopante était certes le moindre.

Il faisait froid et humide. Dans la rue, littéralement bourrée de fog, les autos et les autobus n'avançaient qu'en cornant éperdument.

Au coin d'Oxford Street, le détective prit place dans le bus qui va vers Battersea, et traverse la River sur le Chelsea Bridge: l'arrêt où Dickson s'était promis de descendre.

Le voyage commença, long, maussade, ennuyeux. La lourde voiture s'enfonçait dans le brouillard fuligineux comme une étoupe humide et sale.

Les voyageurs étaient rares. Une jeune fille, en tenue de soirée sous son manteau, serrait contre elle un large carton bourré de papiers à musique: une musicienne ou quelque artiste d'un théâtre de banlieue. Un jeune ouvrier en cotte bleue de mécanicien; puis un gros bourgeois à la mine renfrognée, qui maugréait sans cesse à propos de la lenteur de l'autobus.

— Je dois donner une conférence à Battersea Park Road, dit-il à la jolie voyageuse, j'arriverai en retard certainement, et le public s'impatientera outre mesure. Dès demain je me plaindrai à la compagnie!

Il tira un formidable oignon de la poche de son gilet de laine rouge et hurla :

— Je devrais commencer dans cinq minutes, et, du train qu'il y va, ce maudit bus mettra trois quarts d'heure encore avant d'arriver. Je m'adresserai au ministre de l'Agriculture.

Il ajouta en matière d'éclaircissement :

— Ma conférence porte sur l'importance qu'il y a à consommer beaucoup de cerises fraîches.

La jeune fille acquiesça d'un sourire aimable, mais l'ouvrier mécanicien riposta.

— Ben, puisque l'bus sera là avant la prochaine saison des cerises, l'public il peut bien attendre encore un peu, s'pas, m'sieurs dames ?

Le bourgeois lui jeta un regard furieux, la jeune fille réprima un sourire, et Harry Dickson lui-même n'échappa pas à sa bonne humeur.

Dans Buckingham Palace Road, le brouillard devint tellement intense qu'il tourbillonna comme une fumée contre les vitres de la voiture, et qu'on put voir la vague silhouette du conducteur esquisser un geste d'impuissance.

Deux nouveaux voyageurs prirent alors place dans le bus : un petit vieillard à la figure mangée de barbe blanche, conduit par une vieille femme, noiraude et maigre.

— Si vous n'êtes pas pressés d'aller dormir, vous êtes les bienvenus, leur jeta l'incorrigible mécanicien.

Ils dodelinèrent de la tête et s'assoupirent dans un coin.

Malgré la brume, l'autobus prit alors une allure un peu plus rapide, à l'extrême satisfaction du thuriféraire des cerises fraîches.

Harry Dickson, qui avait pour voisine immédiate la jeune femme, entama la conversation, car le chemin commençait à lui sembler long.

Miss Arabella Newman ne voyageait pas pour son plaisir, par cette nuit froide, dans le plus mauvais autobus de Londres. Elle allait bien loin encore, presque jusqu'au terminus, à Lavender Hill, invitée salariée à une séance de musique de chambre, où elle tiendrait le piano, chez des nouveaux riches. Ceux-ci lui avaient promis de la reconduire en automobile, car Miss Newman était seule sur

27

terre, et ni frère, ni père, ni fiancé ne viendraient la chercher.

Le mécanicien, qui entendait — pas trop malgré lui — la conversation, s'y mêla aussitôt pour déclarer que lui aussi était seul, et que c'était bien triste.

A quoi le conférencier répliqua qu'il bénissait le ciel d'être célibataire, et sans autre famille que de lointains neveux, à qui il avait sévèrement défendu sa porte.

— Comme quoi, on voit que dans ce bus il y en a pour tous les goûts, conclut philosophiquement le mécanicien.

Cette conversation parut écourter un peu le trajet qui commençait néanmoins à sembler interminable à tous, excepté au vieux couple qui dormait profondément dans son coin.

Jack Belvair, c'est ainsi que le mécanicien se présenta à ses compagnons, fit tout à coup la réflexion qu'à la vitesse où marchait la voiture on aurait déjà dû atteindre depuis longtemps la station d'arrêt de Chelsea Bridge, où il devait descendre.

— Tout comme moi, déclara Harry Dickson en essayant de regarder à travers l'ouate grise du brouillard.

— Pourvu qu'il ne brûle pas l'arrêt de Battersea! tonna le conférencier, Mr. Pettycoat. Sinon je ferai révoquer le wattman.

Une lueur d'inquiétude parut sur le joli visage de Miss Arabella, elle demanda si un de ces messieurs ne ferait pas bien de s'informer auprès du conducteur.

— J'y vais de ce pas! cria l'impétueux mécano en s'élançant vers la sortie de la voiture, puis en se mettant à cogner à la vitre, derrière laquelle ils apercevaient le dos du chauffeur.

Mais soudain il se jeta en arrière avec un cri de stupeur et de colère.

Un revolver venait d'être braqué à un pied de son visage et une arme identique se dirigeait vers les autres voyageurs.

C'était le vieux couple qui venait de se réveiller de cette étrange façon.

— Vous devez vous tenir tous très tranquilles, si vous ne voulez pas qu'on vous tue! dit le vieillard d'une voix gutturale, en un mauvais anglais.

— Ceci s'adresse surtout à Harry Dickson, dit la femme d'une voix sourde, très masculine.

Le détective vit qu'il se trouvait devant des gaillards décidés à l'action, il comprit d'ailleurs que le chauffeur était leur complice, il haussa les épaules et se tourna vers sa voisine effrayée.

— C'est surtout à moi que cela s'adresse, vous venez de l'entendre, mademoiselle Newman, dit-il d'une voix rassurante, j'espère qu'il ne vous sera pas fait de mal.

— En effet, pas de mal, dit le vieillard, mais Dickson doit se tenir tranquille.

Malgré sa fureur, Jack Belvair jeta au détective un regard plein d'admiration.

— Oh! Dickson... vous ne seriez pas Harry Dickson, si vous ne vous tiriez pas de là, et nous avec vous! dit-il.

Mr. Pettycoat était le plus mal en point: la sueur lui perlait jusqu'au bout du nez, il tremblait de tous ses membres.

— Monsieur Dickson! Vous nous devez aide et protection, à moi surtout, qui donne des conférences rétribuées par le département de l'Agriculture. Ne pourriez-vous faire valoir à ces... monsieur et dame avec leurs revolvers, que vu l'importance de ma mission, ils devraient me laisser descendre immédiatement?

» Naturellement, je m'engage sur l'honneur à ne rien dire à personne, ajouta-t-il avec empressement.

— *No!* fit la vieille femme de sa voix grave, la voiture ne s'arrête pour personne, et vous devez vous tenir tranquille.

— Vous savez quoi, monsieur Cerise, dit le mécanicien, vous devriez donner ici votre conférence, pour nous tous. Cela aidera à faire passer le temps. Et pour ces deux braves gens avec leur rigolo, vous pourriez parler de pruneaux, ils s'y entendraient peut-être mieux qu'en vos cerises.

Mr. Pettycoat poussa un gémissement et ne répondit pas.

Harry Dickson observait les deux bandits qui les tenaient sous la menace de leurs armes.

« Ce sont les deux lascars de Shawfield Street, se dit-il, je les reconnais à présent. Ils sont très bien maquillés. »

Au roulement de la voiture, à l'obscurité absolue des vitres, on pouvait se rendre compte que le bus avait quitté

Londres. La vitesse augmentait prodigieusement. Les verres bleuis de la cloison avant ne permettaient aucune vue sur la route, si ce n'est le vague halo lumineux des phares.

— Il en met des kilomètres, bougonna Jack Belvair, pour le moins du soixante, ou du soixante-dix à l'heure.

Subrepticement, le détective consulta la mignonne boussole encastrée dans le bracelet de sa montre, il constata une direction ouest, précise.

— Combien de temps ce voyage durera-t-il ? se plaignit Mr. Pettycoat.

— De ce train, pas loin de trois heures, dit froidement le détective.

Il vit que les gardiens cillaient légèrement.

— Mais alors... vous savez où nous allons, monsieur Dickson ? s'écria Mr. Pettycoat.

— Peut-être... peu importe d'ailleurs, répondit évasivement le détective.

La conversation cessa, comme coupée au couteau.

Chacun poursuivait ses pensées inquiètes.

A un certain moment, des larmes perlèrent aux beaux yeux de Miss Arabella, ce qui provoqua à l'adresse des bandits un regard furieux de Jack Belvair.

A de rares intervalles, l'autobus ralentissait sa marche, pour reprendre ensuite, et de plus belle, sa grande vitesse.

— Sans ce satané brouillard, l'un ou l'autre policier aurait pu nous remarquer, murmura le mécano, et se demander ce qu'un autobus régulier de Londres vient faire dans son patelin. Mais je me demande comment il trouve sa route à travers cette marmelade à l'eau de pluie.

Harry Dickson, qui avait vu la lueur orange des disques Sidac filer devant eux sur la route, sourit d'un air entendu.

« Voilà un perfectionnement que nos bons conducteurs d'autobus londoniens ignorent, je vois, se dit-il, mais non les gens qui viennent de s'emparer de nous ! »

Les heures passaient, interminables.

— Voilà bientôt trois heures que cela dure, marmotta Jack Belvair. A la vitesse qu'ils y ont mise, ces bougres ont dû nous faire traverser l'Angleterre dans le sens de la largeur. Je suppose que la machine n'est pas amphibie et qu'elle ne se mettra pas à naviguer sur le canal St. George !

A moins qu'ils n'aient pris une autre direction et qu'ils nous emmènent chasser la grouse en Ecosse ?

Comme il finissait de parler, la voiture ralentit, puis s'engagea sur une très forte pente, et les freins grincèrent violemment.

Des parois noires passèrent le long des vitres, et brusquement, ce fut la halte.

Les deux gardiens levèrent leurs revolvers.

— Il faut descendre !

— Ce n'est pas malheureux, déclara Jack Belvair, je croyais qu'elle nous menait à la cave, cette satanée bagnole.

Il n'avait pas cru si bien dire, le brave garçon, l'autobus venait, en effet, de stopper dans une immense crypte sombre, large comme une esplanade, et chichement éclairée par un unique globe électrique.

Les voyageurs foulèrent un gravier sec qui crissa sous leurs pas.

Dans l'ombre, ils virent des formes s'agiter, et reconnurent une douzaine de petits hommes bruns, armés jusqu'aux dents.

— Mince de mascarade ! gouailla le mécano.

Ils entourèrent Miss Arabella, Jack Belvair et Mr. Petticoat, et, sur un ordre bref, la troupe se dirigea vers les sombres profondeurs de la crypte. Quatre d'entre eux restèrent près de Dickson, à qui ils empêchèrent de suivre ses compagnons.

Tout à coup, un homme en imperméable s'approcha de lui et le salua d'un large coup de chapeau.

— Bonsoir, monsieur Dickson ! dit-il d'une voix légèrement chantante.

— Je m'attendais à vous voir, monsieur, répondit calmement le détective.

— Je n'en doute pas, sir.

C'était le Dr Pereiros, autrement dit *Appletree*.

Sans qu'un mot fût échangé, les deux hommes, suivis à distance par quatre gardiens bruns, traversèrent la singulière esplanade.

Si Harry Dickson s'étonnait du monde extraordinaire

dans lequel il venait de faire son entrée, du moins n'en laissait-il rien paraître.

Il crut d'abord avoir pénétré dans quelque immense grotte naturelle, mais il renonça bien vite à cette idée. La salle avait la forme d'un énorme hémisphère creux, pareil à l'intérieur d'un gigantesque dôme. Les parois dont Harry Dickson s'approchait maintenant reflétaient légèrement la lueur de l'unique globe électrique, pendu haut dans le cintre. Le détective supposa qu'elles étaient recouvertes de larges plaques de tôle, se chevauchant curieusement, à la manière des écailles d'un saurien.

Le Dr Pereiros remarqua le regard inquisiteur du détective et lui fournit une brève explication :

— C'est la seule technique qui permette à ce dôme de supporter le poids fantastique de la terre qui nous recouvre, nous sommes ici à une assez grande profondeur.

— Vous avez dû vous servir de certaines excavations naturelles, dit le détective.

— Un peu, mais le monde où vous allez pénétrer, monsieur Dickson, ne doit pas tant que cela à la nature. Peut-être croyez-vous que ces revêtements sont en tôle ?

— Telle est mon idée, en effet.

— Eh bien, vous vous trompez. La matière — terre, sable, pierres, minerais, tout le déblai du creusement de ces galeries souterraines — a été vitrifiée par un procédé spécial. C'est une substance dure comme le diamant et dont la densité surpasse celle du mercure. Les immenses travaux entrepris ici n'ont pas nécessité l'évacuation d'un seul grain de sable.

— Vous en venez vite aux confidences, remarqua sèchement le détective.

Pereiros lui jeta un regard empreint de tristesse.

— Pourquoi pas, monsieur Dickson ! Je suis obligé de vous dire : vous voilà désormais prisonnier à perpétuité de ce monde, et, même si vous en sortiez, ce ne serait pas pour divulguer nos secrets.

— Charmante perspective, persifla le détective.

— Ne croyez pas à une geôle d'épouvante, monsieur Dickson, au contraire. Vous serez bientôt étonné par les beautés de cet empire de l'ombre. Vous en serez un citoyen honoré. Venez !

Une galerie transversale s'ouvrait, dont l'aspect tranchait avec la lugubre rotonde d'arrivée.

On s'y croyait transporté soudain dans la salle des pas perdus d'un musée au goût du siècle dernier.

Des vitraux s'ouvraient dans des murailles de marbre veiné. Derrière les verres multicolores se jouait une lumière douce. Un jour tamisé, des plus agréables, y régnait. Le détective sentit un air frais lui caresser les joues.

— Les ozoniseurs travaillent sans relâche, fit remarquer Pereiros.

Une haute porte en bronze verdâtre s'ouvrit sans bruit devant eux. Dickson remarqua les curieuses figures héraldiques burinées dans le métal, il lui semblait avoir entrevu déjà quelques-unes d'entre elles, mais, pour l'heure, sa mémoire ne lui apprit rien de plus.

— Voici un salon où nous pourrons parler à l'aise, monsieur Dickson, dit l'étrange maître des lieux, si toutefois vous n'êtes pas trop fatigué. Je vous prie de bien vouloir remarquer tout le confort dont jouit cette pièce. Vous en aurez de pareilles à votre disposition.

» N'oubliez pas que vous êtes prisonnier de notre monde, mais non d'une chambre ou d'un appartement. Vous circulez ici librement...

— Librement, dit Dickson, comme en écho.

— Le mot peut vous sembler ironique, mais il exprime bien mon idée, répondit le docteur sur le même ton triste et déférent. Vous allez vous trouver devant une réalisation tellement surhumaine, que vous n'aurez pas le loisir de vous sentir l'âme brisée d'un captif.

— Vos intentions paraissent excellentes, docteur Pereiros, répondit Harry Dickson. Mais puis-je vous demander alors pourquoi vous me retenez ici, en captivité, après tout ?

» Je n'ai rien relevé contre vous qui permette une arrestation, si ce n'est peut-être — la mort de Scarlett.

Pereiros eut un geste de violente dénégation.

— Non et non, monsieur Dickson ! Je n'ai pas tué votre ami et je n'ai pas donné l'ordre de le supprimer. La fatalité seule est en jeu... la fatalité et... une force dont, sans en être l'esclave, je ne suis pas le maître.

Harry Dickson esquissa un sourire glacé.

— Vous vous entendez admirablement à tourner les mots, à distiller les doubles sens, docteur Pereiros.

Le savant passa la main sur son front. Harry Dickson perçut, non sans stupeur, que cet homme souffrait réellement.

— Monsieur Dickson, dit-il soudain, j'avais un unique ami dans la vie, une chétive créature... oh, ni homme, ni femme, les humains sont bêtes et méchants, mais un animal... une pie !

— Une pie ! s'écria Harry Dickson malgré lui.

— Oui, elle s'appelait Ouga, et je lui avais appris à me nommer du ridicule sobriquet que me valut une cruelle heure d'insuccès.

» Je l'avais depuis des années. Il y a quelques jours, je la perdis. Une annonce parut dans l'*Evening Dispatch*. J'accourus dans Shawfield Street, mais je me méfiais, j'avais le pressentiment qu'un piège se dissimulait là. Mon affection pour Ouga l'emporta. Deux de mes serviteurs me prévinrent que tout était tranquille. Je tombai dans le panneau. L'annonce m'avait trompé. Une fureur terrible s'empara de moi, je songeai à la vengeance. Un coup d'œil à la maison d'en face m'apprit toute la vérité. J'ai le regard terriblement perçant : je vous aperçus, vous et vos deux amis, à travers les rideaux.

» Alors une peur me vint : Harry Dickson, que j'avais très bien connu, était sur mes traces, sur celles de mon œuvre. Il pouvait compromettre un mystère, qui n'appartient pas à moi seul, le mystère de ce monde-ci.

» Je vous envoyai un avertissement. Mais la mort de Scarlett excita votre esprit de recherche. Je ne vous cache pas que je vous ai craint.

» Un moment j'eus l'idée de vous supprimer. Je passai des jours à lire vos aventures, et cette pensée tragique et criminelle ne persista pas, car une chose ressort de toute votre vie : votre désir de venir au secours de toute détresse réelle... alors...

— Alors... encouragea le détective, qui vit que l'homme hésitait à poursuivre ses confidences.

— Alors, eh bien ! alors, monsieur Dickson, je me suis

dit que vous étiez le seul homme qui pût venir à mon secours.

— Hein ? s'écria le détective, et c'est pour cela que vous m'avez fait prisonnier ?

— Oui, monsieur Dickson, c'est pour cela !

Harry Dickson ne s'attendait guère à une pareille déclaration, il eut quelque peine à cacher sa stupéfaction, devant cet appel inattendu, mais il se reprit vite et déclara sèchement :

— Je n'ai jamais négligé un appel au secours, pas même dans des circonstances inhabituelles comme celles-ci. Mais avant toute chose, vous allez me dire comment Scarlett est mort.

Pereiros leva les bras au ciel.

— Je ne sais… non, je ne sais pas !

— Dans ce cas, señor Pereiros, vous pouvez me considérer comme un prisonnier, et non comme quelqu'un qui vous prêtera son aide.

Le savant poussa un profond soupir.

— Voyez-vous un inconvénient à me dire d'abord comment vous avez eu l'idée de vous servir d'*Appletree* pour m'attirer dans Shawfield Street, simplement pour me voir ?

Harry Dickson hésita, mais il lut une telle détresse dans les yeux de l'homme mystérieux, qu'il se décida à parler.

Sans rien lui cacher, il raconta la nuit du 4 octobre, le parc de Cricklewell, la monstrueuse apparition, la fin lamentable d'Ouga la pie !

Le Dr Pereiros l'écoutait en frissonnant. Quand le détective parla de la forme monstrueuse qui s'était emparée du pauvre volatile, il poussa un cri de colère et de douleur à la fois. Et Dickson revit alors au fond de son regard cette lueur de désespoir et de cruauté qu'il y discerna dans la maison vide de Shawfield Street.

— Ainsi c'est lui ! gronda-t-il avec une fureur sourde.

Soudain la clarté se fit dans l'esprit du détective.

— Ce *lui*… comme vous dites, señor Pereiros, est-ce lui qui fit mourir Scarlett… de peur ?

Le savant baissa la tête.

— Oui, murmura-t-il d'une voix éteinte.

Harry Dickson se leva et, d'une voix ferme :

— Allons, docteur, jouez franc-jeu. Malgré la façon

cavalière dont vous me fîtes venir ici, et dont vous prétendez me détenir, je vous ai fait confiance. Qui est celui qui semble vous faire peur à vous-même ? Est-ce contre lui que vous demandez mon aide ? Dans ce cas, elle vous est tout acquise.

Lentement le savant secoua la tête.

— Non, monsieur Dickson, ce n'est pas contre lui, mais contre quelque chose de plus terrible encore. C'est tout un récit que j'ai à vous faire.

Harry Dickson le considéra tout au long d'un profond silence.

— Señor Pereiros, dit-il tout à coup, où suis-je ici ?

Le docteur sursauta et sa voix se fit si ténue que le détective eut peine à l'entendre.

— Vous êtes ici dans le « Temple de Fer », monsieur Dickson !

5. La fantastique aventure

— Monsieur Dickson, commença Pereiros, à mon tour de vous parler à cœur ouvert, et je m'excuse d'avance de tout ce que mon récit aura d'incroyable. Vous allez vous croire transporté dans quelque roman d'anticipation de Wells ou de Maurice Renard. Hélas! tout est pourtant réel, terriblement réel. Comme je voudrais que ce ne fût qu'une fiction ! Avez-vous entendu parler de mes travaux de jadis ?

Harry Dickson fit signe que oui.

— Vos singuliers efforts pour tâcher d'atteindre notre satellite, dit-il avec un léger sourire.

Mais Pereiros le regarda avec gravité.

— Ne souriez pas, monsieur Dickson, mais écoutez la fin de mon histoire avant de vous prononcer de l'une ou de l'autre façon.

» Je suis né au Venezuela, à Caracas. Après d'excellentes études dans les plus célèbres universités d'Europe, je regagnai l'Amérique méridionale. Je choisis le Brésil comme terre d'expérience. Ce n'était pas la science qui m'y attirait, mais la soif des richesses. J'allai à la recherche des temples disparus, ou plutôt ensevelis, de la région des forêts vierges.

» J'avais remonté le fleuve Amazone au-delà de Manaos, limite extrême de la civilisation. Je ne m'étais pas fié aux indigènes qui sont paresseux, chapardeurs et peu vaillants, mais j'avais à ma solde une troupe de braves petits Antillais, des insulaires des îles Sous-le-Vent, qui avaient servi dans les plantations de mon père, et m'étaient tout à fait dévoués.

» Jusque-là je n'avais pas eu beaucoup de chance. Devant la forêt hostile, le fleuve dangereux et plein d'embûches, je pensai à la retraite, et à la ruine de mes espérances.

» Je réfléchissais à cela un soir, auprès du feu de campement, quand soudain mes hommes se mirent à crier. Une fantastique étoile venait de surgir au ciel et s'approchait de la terre avec une grande vélocité. Au bout de quelques minutes, d'étoile qu'elle était elle devint soleil, et tout l'horizon s'embrasa.

» Un tonnerre terrible roula, et au loin une torche immense fusa de la forêt.

» Je craignis un incendie forestier qui aurait pu nous être fatal à tous. Mais, heureusement, la journée avait été orageuse et, presque aussitôt après la chute enflammée, s'abattit une pluie diluvienne.

» Il me fallut attendre jusqu'à l'aurore pour partir en exploration vers le point de chute probable du bolide. Encore mes hommes refusèrent-ils de m'accompagner, alléguant que le diable était venu ; seuls deux de mes plus dévoués serviteurs, Ilano et Mango, consentirent à me suivre.

» Il nous fallut des heures pour nous frayer un chemin à travers la sylve avec nos sabres de brousse, enfin une fumée monta devant nous dans le ciel. Nous vîmes des arbres carbonisés, et une masse sombre à moitié enfoncée dans le sol.

» Je vis que c'était une énorme olive en métal, ne présentant aucune solution de continuité. Je me mis à y donner des coups de pioche, et elle résonna comme une conque. Tout à coup Mango s'enfuit en criant de terreur :

« — Quelqu'un appelle à l'intérieur ! » cria-t-il.

» A grand-peine, je pus m'approcher du singulier scaphe, dont la paroi était encore brûlante, mais alors, moi aussi, j'entendis :

« — Gurrhu ! Gurrhu ! »

» C'était un appel, à la fois farouche et douloureux, je me mis à crier à mon tour, et la voix intérieure de répondre :

« — Gurrhu ! Gurrhu ! »

» Je m'acharnai en vain sur la coque ; tous mes instruments s'émoussèrent. Ce fut encore Mango qui découvrit une sorte de filet cuivré, à peine perceptible, entourant une des pointes de l'olive. J'y introduisis une lime à froid, puis je donnai des coups de marteau désespérés. Enfin un déclic se produisit et une fente apparut.

» Chose étrange, un air glacé souffla avec force de l'intérieur ; mais je m'enhardis et bientôt une ouverture assez grande bâilla.

» Le scaphe était ouvert !

» A l'intérieur tout était sombre, la voix s'était tue, je fis donner nos torches électriques qui ne nous quittaient jamais.

» D'abord j'aperçus un fouillis d'objets étranges. Alors, accroupi sur une sorte de matelas de cuir noir, je le vis : *Lui !*

» Vous en avez vous-même donné une description, monsieur Dickson, je ne la referai donc pas en son entier. Tout pourtant en cette créature rappelait l'homme, mais quel corps amorphe et mal équarri ! Sa tête était colossale, ses bras horribles, ses jambes, comme atrophiées, lui permettaient seulement de ramper. Le corps avait une consistance flasque et en même temps résistante comme le cuir bouilli. Une continuelle viscosité en suintait, qui permet à l'être de séjourner dans des températures atroces, même dans la flamme, à la façon des salamandres.

— Les traces de limace géante, murmura Dickson en se remémorant les paroles de Tom Wills.

Le señor Pereiros approuva, puis il continua :

— Avec dégoût, avec crainte, je m'approchai du monstre immobile, et je vis alors qu'il était vilainement blessé. Je pansai au crâne une plaie effroyable, d'où coulait un sang noir, je versai du rhum dans l'énorme bouche fétide.

» Enfin la chose immonde remua et je m'écartai prudemment; mais elle était intelligente, formidablement intelligente. Je devais le découvrir plus tard. Elle comprit que je venais de lui prêter une aide secourable et sa voix se fit de nouveau entendre, très douce cette fois, comme un ronron de chat géant :

« — Gurrhu ! Gurrhu ! »

» Je restai quinze jours à le soigner, l'arrachant certainement à la mort.

» L'être le comprit et me manifesta, à sa façon, une véritable gratitude.

» Mes deux serviteurs avaient, comme moi, surmonté leur aversion et l'aidaient de leur mieux. Sa nourriture nous causa d'abord beaucoup de soucis, jusqu'au jour où Ilano apporta une pintade vivante. Le monstre la lui arracha littéralement des mains et la dévora avec un immonde plaisir. Depuis il engloutit de grandes quantités de viande fraîche.

» Au bout de ces quinze jours, il nous réserva une surprise colossale : il se mit à parler.

» Non dans son bizarre langage guttural, mais en espagnol.

» Oui, l'être nous resservit les mots usuels que nous utilisions mes serviteurs et moi en montrant qu'il comprenait fort bien ce qu'il disait.

» Ce fut un élève docile et merveilleux : dix jours plus tard, il soutenait parfaitement une conversation, certes l'intonation gutturale persistait, les consonnes étaient étrangement sifflantes, mais la phrase était bien construite avec même un souci d'élégance.

» Alors, je crus le moment venu pour l'interroger sur son origine, sur son étrange arrivée. Il se renferma dans un mutisme obstiné.

» A chacune de mes questions, j'obtenais un grondement presque furieux comme réponse. Mais il me posait des questions innombrables, sans se lasser, s'intéressant énormément à notre civilisation qui lui paraissait complètement étrangère.

» Mais pendant la léthargie première de l'étrange visiteur, j'avais eu le loisir d'explorer son navire, car c'en était un.

» Il y avait là des engins bizarres, dont je ne comprenais

ni le sens, ni l'utilité. Pourtant j'eus l'intuition qu'ils servaient à une navigation sidérale. Il y avait entre autres un stabilisateur, puis un appareil régulateur de vitesse, prodigieux, dont je ne compris ni le mécanisme, ni le maniement.

» Un jour le monstre, que nous appelions Gurrhu, me dit :

« — Pereiros, vous voulez être riche ?

» — Comment entendez-vous cela, être riche ? demandai-je, étonné.

» — Pour vous, c'est posséder la chose qui leste mon navire, dit-il, ouvrez ces trappes du fond. »

» Monsieur Dickson, j'ai failli hurler : il y avait là une cale littéralement bondée d'or, et même de lourdes sphères de platine pur !

« — Prenez ce qu'il vous faut pour partir en Europe », dit Gurrhu.

» J'abrège, monsieur Dickson. Je parvins à fréter sur l'Amazone un bateau qui nous reconduisit vers la mer. Gurrhu sembla très bien comprendre qu'il devait se cacher et je n'eus pas de passager clandestin plus docile.

» Je louai un yacht pour traverser l'Atlantique, car Gurrhu voulait connaître Londres. Chose curieuse : il reconnaissait très bien les villes d'Europe, mais seulement vues à vol d'oiseau, sur plan !

» Une fois sur le sol anglais, je trouvai un homme d'affaires pour conclure l'achat clandestin d'une vaste propriété. J'achetai Cricklewell pour une somme fabuleuse, et grâce à notre or, le secret fut total.

» Gurrhu, tout en étant affreux, se montrait sociable et même agréable compagnon, car son intelligence était prodigieuse.

» Quelque temps après, je construisis la fusée, qui retomba après ses premières minutes d'envol. Je m'en montrai très marri, car j'avais escompté la gloire et l'admiration de mon prochain.

— Halte ! fit Harry Dickson, comment l'idée vous en vint-elle ?

Pereiros rougit et, loyalement, se confessa.

— Je ne croyais plus qu'une chose : Gurrhu était un Sélénite. Un habitant de la Lune ! J'avais relevé en cachette le plan de son scaphe, et je fis construire à Londres un modèle réduit de l'appareil, ainsi que des engins qui s'y trouvaient. Hélas! Quelle déconvenue, la fusée retomba! Il y eut pourtant des savants pour m'admirer, pour croire à mon génie, bien que je ne fusse rien qu'un vulgaire copiste!

— On pourrait en conclure que l'étrange appareil n'était pas d'origine extraterrestre, opina Harry Dickson.

— C'est vrai, monsieur Dickson, et je me le suis dit depuis lors. Mais entre-temps, le mystérieux visiteur me donna matière aux plus vastes stupeurs.

» Des engins invraisemblables furent construits sur ses indications. Comme des taupes d'acier, ils se mirent à fouir le sol de Cricklewell. Ce n'était pas trop difficile, car nous avons, ici et là, trouvé l'ouvrage tout fait, notamment des mines et des carrières abandonnées depuis un demi-siècle.

» Le monde souterrain que voici fut réalisé en moins de deux ans, avec ma petite équipe d'insulaires. Un monde que dix mille ouvriers terrestres, conduits par cinq cents ingénieurs, ne créeraient pas en cinquante années de travaux surhumains!

— A propos, señor, dit Harry Dickson, Gurrhu vint-il à Londres?

Pereiros baissa la tête.

— Oui, monsieur Dickson, dans une auto spéciale... Il était très habile pour se dissimuler.

— Et des femmes et des jeunes gens disparurent! dit tout à coup le détective.

Le savant poussa un cri de détresse.

— Je n'y suis pour rien! s'écria-t-il avec désespoir. Grâce à son or, il est parvenu à circonvenir quelques-uns de mes serviteurs, presque tous même, car seuls Ilano et Mango, que vous connaissez, me sont restés complètement fidèles.

» Ecoutez encore ceci, monsieur Dickson... Gurrhu a appris à lire! Avec une vélocité déconcertante. Et savez-vous les êtres qu'il s'est mis à adorer? Non? Eh bien, les monstres les plus féroces de l'Histoire: Caligula et Néron!

— Ainsi, murmura Dickson tout bas, les malheureux disparus...

— Hélas ! gémit Pereiros... c'est alors qu'il fit construire cet horrible temple de fer, gardé par les plus terribles fauves de la création. Il y a installé une divinité affreuse qu'il adore...

— Qui donc ?

— Moloch ! Le monstre aux entrailles de feu, à la gueule de fer ardente, hurla le docteur.

Pereiros s'était tu, avec peine il ajouta encore :

— Il est devenu tout à coup méchant, sanguinaire, féroce, il aime la souffrance des victimes, il se réjouit de les entendre crier, de voir leurs blessures, leurs tourments.

— Et ce n'est pas contre lui que vous demandez mon aide ! s'écria Dickson.

— Non, je ne sais... Depuis quelque temps, Gurrhu lui-même semble avoir peur, et mes serviteurs affirment qu'un être, presque semblable à lui, mais autrement effroyable, hante ce monde, erre autour du temple de fer.

— Depuis quelque temps, murmura Dickson, précisez donc, des mois, des semaines ?

— Quelques semaines, oui...

— Attendez. Depuis le jour où vous avez perdu la pie savante par exemple ?

Pereiros regarda Dickson avec une frayeur émerveillée.

— Homme prodigieux, c'est bien cela !

— Un instant ! Vous souvenez-vous du bolide ardent de la nuit du 4 octobre ?

— Du bolide ? Quel bolide ?

— C'est vrai, je ne vous ai pas dit ce qui nous attira dans le parc de Cricklewell, dit Harry Dickson.

Et en quelques mots, il retraça le début de son aventure.

Pereiros lui laissa à peine le temps d'achever.

— Je comprends ! Oh ! c'est terrible ! Un autre scaphe est arrivé ici ! Peut-être un nouveau monstre est-il descendu de la lune, plus terrible encore que Gurrhu, et que celui-ci redoute !

— Allez explorer le parc, commanda Harry Dickson.

Pereiros le regarda, indécis.

A ce moment un bruit de pas rapides se fit entendre et la porte fut poussée.

Un des hommes bruns, que Dickson reconnut comme un de ses ravisseurs, bondit dans la pièce.

— Maître ! Maître ! sanglota-t-il en espagnol.
— Qu'y a-t-il, Mango ?
— Gurrhu a découvert la jeune dame qui était dans l'autobus.
— Eh bien ? cria le savant.
— Il l'a fait conduire dans le temple de fer !
— Le démon ! hurla Pereiros.

Harry Dickson s'était levé.

— Docteur, dit-il, faites-moi rendre immédiatement les revolvers que j'avais sur moi en venant ici, et conduisez-moi au temple de fer.

— Monsieur Dickson, c'est la mort pour vous !

— Et vous croyez que je vais laisser martyriser, puis tuer une pauvre jeune fille, tandis que je suis ici à mon aise dans votre salon ? Obéissez, Pereiros, ou par Dieu qui nous entend, je vous tuerai de mes propres mains !

Le docteur s'inclina, les larmes aux yeux.

— C'est bien, monsieur Dickson, je vous conduis, et je mourrai avec vous s'il le faut.

6. Tom Wills s'en va-t-en guerre !

Et Tom Wills ?

Que l'on ne s'étonne point : le valeureux jeune homme était bien moins loin de son maître qu'on ne serait en droit de le supposer.

Malgré sa toux et ses yeux larmoyants, il s'était promis de ne pas laisser son maître partir seul à l'aventure.

Résolument il trompa la surveillance de Mrs. Crown, gagna au pas de course un garage ami tout proche, y emprunta une petite automobile assez rapide, et se lança à la poursuite de l'autobus de Battersea pris par le maître. Il ne tarda pas à le rejoindre.

A travers quelques déchirures du brouillard, il put voir Harry Dickson, sagement installé sur la banquette de la voiture, et, intérieurement, le jeune homme se réjouissait de cette filature, comme d'un bon tour qu'il allait jouer à son maître.

Jusqu'à Chelsea Bridge, le jeune homme ne se méfia pas le moins du monde.

Il poursuivait facilement la lourde voiture. Mais, arrivé là, il vit que le détective ne descendait pas. Bien plus, l'autobus sembla soudain s'animer d'une vie nouvelle. Il fonça littéralement dans le brouillard et prit la direction du West End. Tom Wills se lança à la poursuite, confiant en la vitesse de sa voiture. Mais il comptait sans la fatalité.

Un embarras de voitures, un cafouillage en règle lui firent perdre cinq précieuses minutes, pendant lesquelles le bus s'éclipsa dans le fog, et prit de l'avance.

Se fiant à sa bonne étoile, Tom Wills traversa la partie la plus cossue de Londres à aussi bonne allure que possible.

Ces quartiers riches s'endormaient déjà, peu d'automobiles y circulaient à cette heure tardive.

La banlieue se dessinait avec ses parcs dénudés, ses jardins dépouillés, quand il crut reconnaître, au loin, dans la brume atténuée, le halo rougeâtre des disques Sidac des phares de l'autobus.

Il appuya sur l'accélérateur et, pour la deuxième fois, la fatalité s'en mêla : la panne.

Tom Wills connaissait mal la marque de la machine qu'on lui avait confiée au garage. Il reconnut une de ces vagues bagnoles que des revendeurs sans scrupules retapent et maquillent tant bien que mal.

Un moment il eut l'idée d'alerter Goodfield, mais il songea que son maître ne serait pas satisfait de devoir son salut à une intervention de la police officielle. Harry Dickson ne lui avait-il pas appris à compter avant tout sur lui-même ? Aide-toi, le ciel t'aidera ! Le grand détective se plaisait à citer cette courageuse devise, et un de ses livres de chevet était l'œuvre du doux philosophe Samuel Smiles, portant ce titre.

— Aide-toi... grogna Tom en trifouillant dans le moteur, il me semble que je le fais, et sans le secours d'un garagiste ou d'un passant. Je voudrais bien que le ciel y mette un peu du sien !

Et sans doute que cette prière, un peu irrévérencieuse, fut entendue là-haut, car soudain le moteur ronfla, et, comme Tom s'asseyait au volant, le brouillard se dissipa quelque peu.

Mais il avait perdu près d'une heure.

Où aller? La nuit était immense autour de lui. Jamais la campagne de la banlieue de l'Ouest londonien, si harmonieuse sous le soleil, ne lui avait paru plus hostile, plus menaçante.

Il roulait, suivant à tout hasard le fil de la large route, quand il freina brusquement; des objets étincelaient sur le sol dans la clarté de ses phares: des pièces de monnaie blanche semées à plusieurs mètres d'intervalle, presque en ligne droite. Cela pendant une vingtaine de mètres, et soudain étincela un objet étroit et long, un crayon en argent qu'il connaissait bien, celui de Harry Dickson.

Tom poussa un cri de joie: c'était un signe du maître! Les pièces de monnaie, semées à profusion, devaient fatalement attirer l'attention du passant, qui se mettrait à chercher et devait tomber sur le crayon aux initiales du détective.

Mais ce passant était Tom, et le ciel en était doublement béni.

Les planchers des bus londoniens manquent rarement d'interstices, et Harry Dickson, parvenant à tromper la surveillance de ses gardiens, avait semé des signes à profusion.

— Me voici donc dans la bonne direction, murmura Tom Wills, voyons où conduit ce chemin... je viens de dépasser Windsor.

A côté d'une borne kilométrique, se dressait un poteau indicateur aux bras grêles, braqués vers les points cardinaux.

— Bristol 140 kilomètres, lut le jeune homme.

«Bristol! Bristol! se dit-il, il n'y a pas si longtemps que l'on s'est promenés par là. Voyons c'était exactement le 5 octobre, le lendemain du soir où... Oh! par le nouveau bonnet de Mrs. Crown, je sais maintenant où s'en est allé cet autobus du diable.»

«En avant vers Cricklewell! Quelle veine! j'ai deux excellents revolvers et assez de munitions pour supporter un siège!»

A toute vitesse son auto fila dans la nuit.

... Quelle heure? Avec un peu de mécontentement, Tom

Wills remarque que sa montre s'est arrêtée, mais peu importe.

Il vient d'atteindre l'énorme mur gris du domaine maudit.

Il s'oriente. Voici le fleuve à sa droite, maintenant qu'il tourne le dos à Bristol. Il a dû faire un détour pour ne pas être bloqué devant l'estuaire, que les ferry-boats ne traversent pas la nuit. La route fut longue et ardue... n'importe, il est arrivé. Il y a un Dieu pour Tom Wills, c'est ce que le jeune homme se dit, et il n'en est pas peu fier.

Il cherche vainement la petite poterne, à la fin il la découvre, alors qu'il avait presque le nez dessus.

Voici l'immense parc, un peu moins sombre aujourd'hui, car le brouillard a complètement disparu, et une lune ronde, frottée d'argent, rit à la cime des arbres. Tom distingue fort bien, à travers la futaie, la masse compacte et noire du vieux château seigneurial.

L'ombre grêle de la potence s'allonge sur la pelouse et son aspect n'est pas des plus réjouissants.

Il s'est rappelé l'étrange forme rampante de la nuit du 4 octobre, et voici qu'elle est revenue. Il la voit se défiler entre les avoines folles, écailleuse, teinte de clair de lune.

D'une main ferme, il ajuste son silencieux sur son revolver et attend, l'arme braquée, car la forme s'est immobilisée et une affreuse tête plate s'élève.

Tom Wills la reconnaît : c'est un puissant serpent python, de taille à étouffer un bœuf.

Comment le monstre des jungles équatoriales est-il venu ici ? Voilà un problème que Tom Wills ne songe pas à résoudre sur l'heure. Il ne pense qu'à défendre chèrement sa peau.

Mais le reptile ne semble pas se soucier de Tom Wills, il guette attentivement la petite porte de service à l'extrême bout de la façade du manoir, et cette porte vient de s'ouvrir.

Une silhouette menue s'y encadre, descend les marches et s'avance dans le clair de lune. Tom Wills la reconnaît : c'est un des hommes qu'il a vus dans Shawfield Street.

Il continue son chemin avec insouciance, le python tourne lentement sa hideuse tête squameuse vers cette proie inattentive.

L'homme est peut-être un ennemi, et pourtant le jeune homme, élevé à l'école chevaleresque d'un Harry Dickson, ne songe qu'à le soustraire au danger.

Comment faire ? Crier ? L'avertir en courant vers lui ? Impossible, car le monstre est entre eux deux, il est trop tard également.

Avec une vitesse foudroyante le serpent s'élance, il semble avoir des ailes. L'homme le voit... mais il n'a plus le temps de fuir, il ne peut que pousser une clameur de détresse. Déjà l'ophidien géant l'entoure de ses anneaux mortels.

Plop ! Plop ! Plop !

Trois coups secs comme des branches mortes qui se cassent dans le vent.

Tom Wills a dû viser à un pied de la tête de l'homme.

Mais les trois balles ont porté. L'affreux crâne plat n'est plus qu'une bouillie sanglante, et la terrible queue fouette l'air dans les affres d'une abominable agonie. Mais l'homme a roulé à dix pas, et se relève, meurtri, courbaturé, mais vivant.

Maintenant que Tom le voit sauvé, il voudrait bien se retirer, car il ne sait pas quel accueil il fera à son sauveteur.

Mais que le jeune détective se rassure ! L'Antillais l'a vu à son tour, et brusquement il se jette à genoux devant lui et se met frénétiquement à lui baiser les mains, puis le revolver encore fumant, à balbutier des paroles de gratitude.

— Ilano vous doit la vie ! Ilano appartient corps et âme à l'homme inconnu au bizarre fusil, qui ne fait pas de bruit.

Tom Wills sent immédiatement tout le profit à tirer de cette nouvelle aventure. Il prend l'homme sous le bras et le conduit dans l'ombre des arbres.

— Suis-je vraiment un inconnu pour vous ? demande-t-il.

L'insulaire baisse tristement la tête.

— Ilano n'est pas méchant, mais Ilano obéit à son maître, qui est un bon maître.

— Très bien, mais Ilano ne répond pas à ma question, insiste Tom Wills.

Son protégé lève vers lui des regards suppliants.

— Ilano reconnaît très bien l'homme courageux. Il l'a suivi souvent dans les rues de Londres, il sait qu'il est l'ami du grand magicien blanc que le maître craint très fort.
— Harry Dickson?
L'indigène approuve.
— Harry Dickson, oui... un homme qui a des yeux très clairs qu'on n'aime pas regarder, car ils voient tout.
— Et Harry Dickson est venu ici, avec l'autobus volé à Londres?
— Oui, dit l'homme à voix basse et comme à regret.
— Lui a-t-on fait du mal?
Ilano relève fièrement la tête.
— Oh! non, le maître a beaucoup de respect pour Harry Dickson, je le sais, il ne lui fera aucun mal. Ils sont ensemble maintenant et ils sont déjà très bons amis, ajoute-t-il gravement.
Tom Wills sourit.
— J'en doute un peu, ne vous déplaise, monsieur Ilano, mais cela ne fait rien à l'affaire, il faut me conduire vers lui.
Ilano a un recul effrayé et son visage prend un teint cendreux.
— Difficile! Impossible! Non seulement Ilano risque la mort, mais également l'homme valeureux qui le sauva.
— Peu importe, dit Tom Wills d'une voix décidée, venez, Ilano, sinon je trouverai seul, je vous assure, et j'aurai recours aux bons services de ce revolver, dont je sais me servir, vous l'avez vu!
— Oh! oui, répondit l'insulaire avec admiration, trois balles dans la tête du vilain serpent, qui est bien mort! Mort comme une souche, comme une pierre!
» Ilano sera toujours reconnaissant au vaillant gentleman.
— Ce sont de belles paroles, Ilano, dit doucement Tom Wills, mais cela ne suffit pas, il faut des actes, comme on dit chez nous. Conduisez-moi vers Harry Dickson.
L'indigène réfléchit, puis il fit signe à Tom Wills.
— Venez, dit-il simplement.
... Ils entrèrent par la porte de service, qu'Ilano ferma soigneusement derrière eux. Un simple lumignon brûlait

dans une antique lanterne aux vitres de corne, et ne donnait qu'un mince halo de clarté jaune.

Elle suffit cependant à Tom Wills pour apprécier le délabrement des lieux.

Des murs lépreux, mangés de lichens et de pariétaires, les entouraient ; ils suivirent une sorte de vestibule dont les dalles branlaient sous leurs pas.

Une affreuse odeur de putréfaction végétale régnait, des vents coulis leur soufflaient dans la nuque, ce qui fit penser à Tom que c'était là l'ambiance rêvée pour guérir son rhume.

Quand le vestibule fut parcouru, ils s'arrêtèrent devant un sombre escalier en spirale qui s'enfonçait sous terre comme une vrille.

Ilano fit signe à Tom de le suivre, et, après un instant d'hésitation, le jeune homme obéit.

L'escalier tanguait sous leurs pas, des marches manquaient, Tom avait l'impression de longer un précipice sans fond, d'où montaient des relents de mort. La descente fut pourtant moins longue qu'il se l'était imaginé.

Bientôt il foula la terre ferme. Si l'on peut appeler terre ferme une sorte de sable visqueux, tremblant comme une gelée, et dans lequel on s'enfonçait jusqu'aux chevilles.

Ilano s'était arrêté devant un mur luisant de salpêtre, et sa main experte en tâtait les aspérités. Tom entendit un léger bruit métallique ; aussitôt son compagnon souffla la lumière.

— Donnez-moi votre main, murmura-t-il, Ilano connaît le chemin dans l'obscurité.

Le jeune détective sentit sous ses pieds un sol parfaitement sec cette fois-ci, presque moelleux, comme s'il eût foulé un tapis un peu dur.

Instinctivement Tom Wills compta ses pas. Il en fit exactement trois cents, jusqu'au moment où son guide fit halte.

— Venez, mettez-vous tout près de moi, et n'ayez pas peur.

Tom entendit comme le glissement d'une porte, et soudain le sol se déroba très doucement sous lui.

— Ilano ! s'écria-t-il.

— Silence ! supplia l'insulaire, ce n'est qu'un ascenseur,

mais il descend très vite. Jusqu'ici vous n'avez rien à craindre.

Un heurt très doux se produisit, et Ilano entraîna son sauveteur hors de l'ascenseur invisible.

— Maintenant vous allez pouvoir voir, dit-il, ne vous étonnez pas trop.

Il parlait un anglais civilisé, d'une voix un peu zézayante, douce et agréable à entendre.

Tom Wills entendit les mains de son guide frôler la muraille, puis une paroi pivota lentement sur son axe, et un jour tamisé et laiteux accueillit l'intrus. Le jeune homme ne vit qu'un long couloir faiblement éclairé, dont les parois d'une douce teinte neutre luisaient comme frottées de clair de lune.

Une porte de bronze sombre s'ouvrit devant eux, sans qu'on l'eût sollicitée d'aucune façon, et Tom Wills connut soudain l'enchantement du monde souterrain.

Un merveilleux hall baigné de lumière rose s'ouvrait devant eux.

D'un seul coup d'œil le jeune détective embrassa toutes ses splendeurs : des cariatides de marbre blanc supportaient une voûte qui semblait taillée dans une opale géante ; des dinanderies précieuses reflétaient la lumière, des bas-reliefs magnifiques couraient le long des hautes murailles.

Ilano le précéda résolument et le mena vers une nouvelle porte de bronze vert, qui s'ouvrit.

Cette fois-ci ce fut un salon superbe qui l'accueillit. Il était vide.

Tom Wills vit une expression d'effarement glisser sur la figure d'Ilano :

— Le maître et le grand gentleman blanc étaient là tout à l'heure encore.

— En effet, s'écria Tom Wills, voici le chapeau de monsieur Dickson !

Il venait de découvrir, posé sur un guéridon, le couvre-chef du grand détective.

Ilano tournait en rond d'un air perplexe et craintif à la fois.

Brusquement des pieds nus coururent sur les dalles de marbre du hall, et une longue plainte éclata.

Un petit homme qui ressemblait comme un frère à Ilano bondit dans le salon.

Le visage inondé de sang, son corps souple frémissait de souffrance et de terreur.

— Mango, mon frère, qu'y a-t-il ? s'écria Ilano.

Mango tomba à genoux et porta les mains à sa tête blessée.

— Vite, Mango ! Sauve le maître ! Gurrhu est devenu fou et les bêtes courent en liberté !

— Dieu du Ciel ! cria Ilano, que faire ?

Tom s'élança dans le hall. Une confuse rumeur lointaine s'élevait des profondeurs du monde inconnu. C'étaient des cris de terreur, des sanglots, des hurlements de douleur, des rugissements et des glapissements stridents.

— La voix du maître, qui appelle au secours ! s'écria Ilano.

— La voix de Harry Dickson ! ajouta Tom avec un cri de détresse.

Mais déjà l'insulaire s'élançait, suivi de Tom, le revolver haut.

7. Le temple de fer

Harry Dickson, marchant à la suite de Pereiros et de Mango, passait d'étonnement en étonnement. Comment un pareil monde avait-il pu naître, à quelques lieues des grands centres d'Angleterre ?

C'était une suite de corridors magnifiques, des enfilades de salles superbes, aux marbres incrustés de métaux rares. L'éclairage tenait du prodige : des tubes lumineux, dissimulés dans les corniches des plafonds, répandaient sur toutes choses une clarté égale et très douce.

Brusquement Mango fit halte et se rapprocha d'eux avec un geste d'effroi.

Ils étaient arrivés devant une porte immense, noire, sans ferrures apparentes, luisante comme du fer frotté, menaçante entre toutes.

Pereiros lui-même eut un recul, et Harry Dickson le vit

chanceler. Mais il se reprit aussitôt et fit un signe impérieux à Mango.

Celui-ci, tout en tremblant, s'approcha de la muraille, saisit un levier brillant et l'actionna d'une robuste pesée.

La lourde porte fila en l'air comme un rideau de théâtre, démasquant la scène.

Harry Dickson crut que la folie s'emparait de son cerveau tant cela lui parut invraisemblable.

Une colossale rotonde noire, tout en fer, s'ouvrait devant eux. Ici plus d'éclairage de féerie, mais le rougeoiement tragique de hauts brasiers ardents.

De monstrueux papillons de feu semblaient voltiger dans l'atmosphère.

Une odeur affreuse, de boucane, de chair grillée, de sang, de ménagerie prit le détective à la gorge. Il aurait voulu croire à un cauchemar.

Une énorme statue de fer, aux traits d'une immense bestialité révoltante, lui faisait face, du haut d'un immense socle de pierre noire.

Le ventre du monstre bâillait et Dickson eut peine à soutenir l'éclat du formidable brasier que de petits hommes nus y entretenaient sans relâche.

Les flancs de l'idole chauffés à blanc brillaient tragiquement.

— Moloch! s'écria Harry Dickson.

Comme si la bête métallique venait de l'entendre, elle ouvrit ses yeux énormes pleins de feu intérieur, sa large gueule bâilla, et des langues de flamme en jaillirent.

Un hurlement éclata, et, avec horreur, Dickson vit que les serviteurs amenaient un homme ligoté, qui se débattait avec fureur. Il reconnut Mr. Pettycoat. Rapide comme l'éclair le détective leva son revolver, deux coups partirent et deux des bourreaux roulèrent sur le sol, le crâne brisé.

Mais rien ne pouvait plus sauver l'infortuné conférencier. Avec un dernier cri, il disparut au milieu des flammes ronflantes, et une épouvantable odeur de roussi envahit la salle des supplices.

Dans une haute cage de fer, deux êtres humains se tenaient debout, les mains crispées aux barreaux : Jack Belvair et Miss Newman.

Harry Dickson reconnut ses infortunés compagnons de captivité, et eux firent de même.

— Harry Dickson ! Sauvez-nous !

Le détective s'élança, suivi de Pereiros et de Mango.

Trois autres valets payèrent de leur vie leur audace à vouloir barrer sa route. Chaque balle de Harry Dickson brisait un crâne.

— Vite ! Vite ! haleta Pereiros en manœuvrant les trappes.

Le détective vit des ossements sanglants joncher les dalles de la cave, et, en même temps, un mouvement insolite des parois du fond qui s'écartaient.

D'une main ferme, Pereiros manœuvra les leviers extérieurs de la cage, dont la grille glissa.

— Courez, Belvair ! rugit Dickson, et le mécano sauta hors de la prison, mais Miss Newman n'en eut pas la force, elle tomba évanouie.

Elle ne toucha pas le sol ; les bras robustes du détective la reçurent.

Trop tard ! La paroi du fond s'ouvrait sur des ténèbres menaçantes, d'où quelque chose jaillit en rugissant. C'était un tigre monstrueux aux yeux de braise, qui se jetait sur les hommes.

Harry Dickson, tenant Miss Arabella évanouie, sauta de la cage et se mit à courir vers la porte ouverte du hall de marbre.

Pereiros actionna fébrilement la grille... mais le fauve ne l'entendait pas ainsi, un deuxième saut, plus terrible encore, le porta contre les barreaux... ses pattes se glissèrent au travers, atteignant Pereiros qui roula sur les dalles, sans une plainte, comme foudroyé.

— Mango ! cria le détective tout en courant.

Une sagaie siffla, atteignant le brave serviteur au front.

Alors commença pour Dickson une course effrénée, il tourbillonnait dans la rotonde, car l'accès à la grande porte de fer venait de lui être barré par une vingtaine de valets bruns armés de piques et de fourches. Jack Belvair en assomma une paire et se vit encerclé, les armes blanches menaçant sa poitrine.

Soudain un rire aigu fusa au-dessus de la tête du détective.

Il leva les yeux et vit...

Gurrhu, le monstre qui lui apparut dans la nuit du 4 octobre, se tenait assis sur une sorte de trône surélevé, et dardait sur lui des regards horribles de poulpe en furie.

— Courez, Dickson ! Courez ! Il faut vaincre Néron à la course.

Le détective sentit dans la nuque une haleine brûlante et fétide, instinctivement il se baissa.

Une forme souple passa au-dessus de sa tête avec un rugissement de rage, et s'en vint tomber à quinze pas de là.

— Mauvais, Néron ! Mauvais ! glapit Gurrhu.

Le tigre se ramassa sur lui-même, fixant son regard de feu vert sur le détective. Harry Dickson se vit perdu ainsi que la pauvre Arabella. Le bond du fauve allait être décisif.

— Néron, attaque ! grinça le monstrueux Gurrhu.

Le tigre prit son élan, quitta le sol...

Plop ! Plop ! Plop ! Plop !

Une rafale de coups secs éclata dans le dos de Dickson et il vit s'éteindre les yeux du tigre ; puis le fauve rouler sur le sol en labourant l'air de ses griffes.

— Par ici, maître !

C'était la voix de Tom Wills.

Plop ! Plop ! Plop !

L'issue vers la porte de fer se dégageait, car ses gardiens bruns y tombaient comme des mouches sous le feu de Tom Wills et les coups de pique d'Ilano.

Pourtant la partie était encore bien inégale, mais deux aides imprévus vinrent à la rescousse.

Jack Belvair, dégagé à la faveur de la première panique, s'était emparé à son tour d'une des lourdes piques et en trouait impitoyablement les poitrines brunes.

Harry Dickson, tout en soutenant Miss Newman d'un bras, avait sorti son revolver et cette fois, les détonations éclataient, claires et mortelles.

La horde des insulaires infidèles, ralliés à l'horrible cause de Gurrhu, était battue. Cinq seulement en demeuraient vivants et ils hésitaient à poursuivre la lutte.

Soudain un gargouillement affreux s'éleva ; Gurrhu, le monstre mystérieux, venait de se lever de son siège. Il descendait lentement vers les hommes. En même temps la porte de fer s'abattit avec fracas.

Tous étaient emprisonnés dans le temple de fer.

A la lueur des brasiers, Dickson vit Gurrhu descendre les marches de son trône. Il rampait sur des moignons de jambes, mais ses horribles bras dénotaient une force surhumaine.

Tom et le détective le fusillèrent en même temps.

Le monstre poussa un rauquement de douleur, et l'un de ses yeux saigna, crevé par une balle, mais il poursuivit quand même sa terrible descente.

— Feu ! cria Harry Dickson.

Une nouvelle salve roula, le monstre vacilla, mais si les balles le blessaient et le faisaient souffrir, elles ne parvenaient pas à avoir raison de la terrible vie chevillée dans ce corps énorme.

Les chargeurs des brownings se vidèrent en vain : la bête humaine atteignit les dernières marches...

A ce moment, quelque chose d'invraisemblable se passa.

Derrière le Moloch en feu, une forme se précisa, si effroyable que Dickson voulut fermer les yeux pour ne pas la voir.

Elle était presque en tout point pareille à Gurrhu, mais plus grande encore, et pourvue de bras qui ressemblaient à des tentacules de calmar.

La figure était humaine, mais déformée par une haine sans nom.

Elle ricanait, énorme, gigantesque, et pourtant elle restait immobile, comme sculptée dans un marbre d'épouvante.

Malgré la situation désespérée, Harry Dickson tâcha de rassembler des lointains souvenirs ; ce visage... si abominable, si inhumain qu'il fût, lui rappelait vaguement quelque chose... mais quoi ?

Elle glissa sans bruit devant l'idole ardente, ne semblant pas se soucier des hommes mais n'avoir d'yeux que pour Gurrhu !

Et alors celui-ci la vit.

Il poussa une hideuse exclamation d'effroi et tenta de fuir.

Il n'en eut guère le temps. En quelques secondes il fut happé par les tentacules, mis en loques comme un pantin. Et avec un mugissement de tempête, le nouveau bourreau jeta les restes pantelants de Gurrhu dans les flammes qui les dévorèrent.

La bête demeura un long moment à contempler les flammes, et puis elle disparut comme elle était venue.

Un bruit de ferrailles se fit entendre.

De nouveau les portes de fer venaient de s'ouvrir et tous se précipitèrent hors du temple de la mort en poussant des cris de délivrance.

C'était Pereiros qui, bien que terriblement blessé par le tigre, venait d'actionner les leviers de commande.

Quand tous furent dans le hall aux lueurs d'aurore, la porte se referma pour toujours derrière eux, et Ilano, d'une pesée puissante, brisa les leviers, murant à jamais le temple de fer.

8. Et pourtant le mystère restera...

Les cinq serviteurs se prosternèrent.

— Vous avez trahi, murmura Pereiros, pâle sous les bandeaux blancs, hâtivement posés sur son front labouré par les griffes du tigre.

Les coupables, pour toute réponse, baissèrent davantage la tête.

— Vous serez jugés d'après la loi du Sertão.

— Nous le méritons, fut la réponse.

Et calmement ils s'agenouillèrent.

— Monsieur Dickson, veuillez emmener mademoiselle dans le salon, dit le docteur, elle ne doit pas assister au châtiment de ces hommes.

— Pardonnez-leur, sir ! implora la jeune fille en pleurant.

— Vous entendez, dit Pereiros, la jeune femme blanche implore le pardon pour vous.

— Nous ne le méritons pas, répondirent sombrement les insulaires.

— Vous avez entendu ? demanda le docteur à voix basse. Allez, monsieur Dickson !

C'était dit d'une façon si grave et si impérieuse à la fois que le détective obéit.

— Mango, Ilano! Faites votre devoir, ordonna le docteur, et il suivit Dickson, Belvair, Arabella et Tom Wills dans le salon.

Dans le hall il y eut des coups sourds, puis le silence.

Mango et Ilano parurent.

— C'est fait, dirent-ils simplement.

Tom Wills, cédant à la curiosité, jeta un coup d'œil dans le hall, mais il se retira aussitôt, pâle d'horreur.

Cinq corps décapités s'allongeaient sur les dalles de marbre.

Soudain Pereiros, malgré ses souffrances, se redressa.

Des grondements sourds ébranlaient le sol.

— Vite! Sauvons-nous! Quelque chose de plus terrible encore se prépare! Le monstre inconnu, dont je connaissais la présence, ici, contre lequel j'ai demandé votre aide, monsieur Dickson, est en train d'agir!

» Oui, monsieur Dickson, je me doutais de sa venue... Des hommes ont disparu... Gurrhu était inquiet... J'avais vu des traces plus horribles que les siennes. Mais nous n'avons plus le temps. Je ne sais si nous en réchapperons!

Comme il parlait, une énorme secousse les jeta l'un contre l'autre.

Dans le hall, qu'ils traversaient maintenant en courant, les parois de marbre se lézardaient, les hautes colonnes chancelaient comme des arbres dans la tempête. Des lumières s'éteignaient, faisant place à des zones d'ombre.

— Vite! gémit Pereiros, avant que les machines ne soient atteintes.

Harry Dickson jeta un dernier regard sur les portes de bronze vert, il revit les figures qui y étaient burinées, et soudain il les reconnut.

Au même instant elles s'effondraient avec un bruit de gong effrayant, et le hall s'emplit de ténèbres.

Tous couraient. Le couloir gris, par où Tom Wills était venu, demeurait encore éclairé. Il semblait interminable. Les murs en vacillaient doucement, comme s'ils n'étaient que de vulgaires cloisons de papier peint.

Sous les pieds des fuyards le sol roulait comme le pont d'un bateau ivre.

Ilano qui était en tête se jeta sur le mur du fond qui s'ouvrit.

— Pourvu que les ascenseurs marchent encore! cria Pereiros.

Ils s'entassèrent pêle-mêle dans une large cage en métal. Le docteur appuya sur un bouton rouge.

Bonheur! Il y eut un choc léger et l'ascenseur fila vers la surface du sol.

— Cinq minutes de montée, murmura Pereiros, que c'est long!

L'ascenseur se mit à frémir d'une façon inquiétante, on entendit une forte détonation au-dessus du plafond de l'engin.

— Un des câbles vient de sauter! cria le docteur.

L'ascenseur ne montait plus que par saccades, sollicité par les profondeurs qu'il quittait.

— Nous y sommes! Faites vite!

Harry Dickson sortit le dernier. Au moment où il mit le pied sur la terre ferme, il chancela, et les bras de Tom Wills et de Jack Belvair l'agrippèrent... Derrière lui, l'ascenseur s'abîmait avec fracas dans le gouffre.

— Oh, même ceci ne restera plus debout! clama Pereiros.

Ils entendirent en effet autour d'eux des craquements et des sifflements aigus, une lueur rouge voleta devant eux.

Au milieu d'une pluie de pierres et de décombres, ils gagnèrent pourtant l'extérieur, puis, en courant, traversèrent la pelouse.

Il était temps, derrière eux, avec un roulement de tonnerre décuplé, le manoir s'ouvrit comme un château de cartes, s'écroula et puis de hautes flammes fusèrent de toutes parts.

La dernière chose que Tom Wills vit en se retournant furent les bras grêles de la potence tranchant en noir sur le fond écarlate de l'incendie, mais ils s'agitaient frénétiquement comme s'ils essayaient encore de les retenir!

Hors du mur d'enceinte, une surprise les attendait: le bon gros autobus londonien était là.

— Je ne suis pas un voleur, monsieur Dickson, dit Pereiros, et Ilano, quand il sortit du manoir il y a quelques heures, avait pour mission de reconduire cette voiture aux environs de Londres et de l'y abandonner.

Tom Wills trouva la chose singulièrement réconfortante que de lire, après l'aventure incroyable qu'il venait de vivre, les mots: Oxford Street-Battersea Road, sur les flancs bruns de la populaire voiture.

— Eh bien, elle nous reconduira chez nous! dit Dickson, de bonne humeur.

— Pauvre Mr. Pettycoat, pleura Miss Arabella.

— Et les gens de Battersea qui rateront leur cure de cerises fraîches! riposta Jack Belvair.

— Oh! je vous en supplie, monsieur Belvair, dit doucement la jeune fille.

Ils s'assirent dans un coin l'un très près de l'autre, et jusqu'à la fin du voyage, ils s'occupèrent très peu de leurs autres compagnons.

— Monsieur Dickson, dit Pereiros quand l'autobus roula sur la route du prodigieux retour, je regrette de devoir vous dire que le mystère de tout ceci est devenu aussi grand pour moi que pour vous.

— Pas tant que vous le croyez, monsieur Pereiros, dit malicieusement le détective. Du moins je parle pour moi.

— Voulez-vous dire que vous y comprenez quelque chose?

— Quelque chose? Oui et non. A propos, savez-vous ce qu'il y avait de gravé sur les portes de bronze de votre salon à jamais perdu?

— Franchement dit, non.

— Les armes des Cricklewell, señor!

— Et quand cela serait?

— Cela me permet de dire que les monstres Gurrhu et Cie n'étaient pas des Sélénites, et que leurs étranges scaphes ne venaient pas de la Lune!

— Mais qui étaient-ce?

— Malgré la terrible déformation de leurs visages, j'ai reconnu quelques traits familiers. C'étaient, señor Pereiros, les derniers des Cricklewell!

— Oh! je ne comprends pas!

— Une enquête que je menai dans les derniers jours me permit d'apprendre que, lors de la grande honte de cette famille, les derniers survivants, qui échappèrent à la potence, émigrèrent en Amérique du Sud.

» Il paraît qu'ils s'enfoncèrent dans les régions mystérieuses, celles dont vous avez atteint les lisières. Avez-vous entendu dire que des tribus mystérieuses, descendant des Aztèques et héritiers de leur vaste civilisation, y vivaient encore ?

— Je l'ai entendu dire, en effet, et j'ajoute que je le crois.

— Ceci maintenant est pure hypothèse, señor.

» Je vois les Cricklewell arriver parmi ces survivants des âges fabuleux.

» On les accueille bien, ils y vivent, ils y font souche. Ils sont intelligents, entreprenants, cruels. Saviez-vous que les Aztèques faisaient subir à certains enfants destinés à leurs temples d'étranges mutilations, qui en faisaient des monstres effroyables, destinés à jeter l'effroi dans le cœur et l'esprit des fidèles ?

— Je ne l'ignore pas, et l'histoire en connaît quelques exemples.

— Mais ces déformations tendaient aussi à développer le volume de leur crâne, à amplifier leurs cerveaux, à en faire de terribles surhommes.

— Oui, je sais, je sais.

— Tels je vois se déformer les enfants des Cricklewell !

» Devenus grands et puissants, ils règnent sur les tribus mystérieuses ; deux d'entre eux — peut-être même qu'ils ne furent jamais que deux — ont conçu l'idée de quitter leur patrie d'adoption, de regagner leur ancien domaine, peut-être de se venger de l'opprobre de leurs pères.

» Un appareil volant est construit, n'oubliez pas que leur intelligence est prodigieuse et qu'ils disposent de moyens inconnus.

» L'un d'eux s'en empare et fuit.

» Mais à peu de distance de son point de départ, c'est la panne… l'accident, et vous le trouvez.

» Connaît-il l'anglais ? Tout m'incite à le croire, mais il vous joue la comédie. Il veut laisser subsister en vous l'étrange idée de son origine lunaire ou planétaire.

» Il a emporté de l'or dont il connaît la valeur. Les Aztèques en possédaient à foison, nous le savons. Grâce à vous, et à son habileté, il arrive à Londres, reconquiert le domaine de Cricklewell.

» Là, il met en pratique tout ce qu'il a appris dans les régions mystérieuses d'où il est venu : la terre des formidables bâtisseurs !

» Mais l'autre Cricklewell, le spolié, est parti à la recherche du fuyard. Il sait que l'appareil ne peut aller loin. C'est probablement lui le cerveau du couple. Il découvre le scaphe, terriblement endommagé.

» Entre-temps, vous êtes arrivé à Londres et des années se passent, Gurrhu redevient le Cricklewell féroce que furent ses pères.

» Dans la sylve brésilienne, les travaux de réparation continuent, ardus, difficiles. Ce sont aussi des préparatifs de vengeance.

» Le scaphe est prêt. Il part. Il est en ordre cette fois. Il arrive à Cricklewell. Plus que probablement ce fut un engin keplerien, permettant de voyager à des altitudes invraisemblables.

» Vous savez le reste, monsieur Pereiros.

— Et l'autre Cricklewell vient de détruire le monde réalisé par son frère, après s'être terriblement vengé de lui.

— Cela aussi je le suppose.

— Mais s'il est encore en vie ?

Le front de Dickson se rembrunit.

— Peut-être que l'avenir nous l'apprendra. Je vous le répète, nous n'avons levé qu'un pan du voile du mystère, et ce mystère reste encore à peu près inviolé, car tout ceci n'est qu'hypothèses...

— Voici le roman d'aventures qui se complète, dit Harry Dickson à Tom Wills, six semaines après la fin de Cricklewell Manor. Un roman d'aventures sans intrigue amoureuse n'en est pas un, pour d'aucuns.

Il tendit à son élève un bristol finement gravé :

Miss Arabella Newman a l'honneur de vous annoncer son mariage avec Mr. Jack Belvair...

LE ROI DE MINUIT

1. Le cas de Mr. Hodenham

La halte de chemin de fer de Wendley dans la banlieue nord de Londres n'est qu'une minable cabane, couverte de tôle gondolée qui résonne sous la pluie.

En débarquant du dernier train qui l'amenait de la métropole, Mr. Hodenham en fit la remarque et il regretta la foule et les lumières de la City, quand il vit derrière la petite gare s'étendre une grande plaine labourée d'averses.

L'employé du rail, qui vérifiait des lettres de voiture tout contre la vitre où arrivait encore une dernière lueur du jour, jeta un maussade bonsoir à l'arrivant.

Mr. Hodenham pataugea dans une boue liquide et la bourrasque fut si forte qu'il ne put tenir son parapluie ouvert.

Il essaya de faire quelques pas vers l'allée de peupliers qui conduisait au hameau où se trouvait sa morne demeure de célibataire, mais le vent le frappa avec une telle force qu'il se plia en deux et se décida à la retraite.

Seule la petite gare lui en offrait une. Il retourna donc sur ses pas.

L'employé grogna en le voyant revenir.

— Excusez-moi, Thursby, dit Mr. Hodenham, mais vraiment, ce n'est pas un temps à faire circuler un chien sur la route, et encore moins un honnête chrétien !

Par ces mots, Mr. Hodenham voulait sans doute signifier qu'il était un honnête chrétien — ce dont l'employé sembla convaincu, malgré sa mauvaise humeur manifeste.

— Excusez-moi à votre tour, Mr. Hodenham, répondit Thursby, j'aurais fait route avec vous jusqu'au hameau des

Ormes, si je n'avais pas reçu ordre de rester dans la gare. Imaginez-vous qu'on envoie un spécial sur cette ligne !

— Un spécial ? s'écria Mr. Hodenham, et pour aller où, mon Dieu ? La ligne ne continue que jusqu'à Gray-Cross, où elle finit en une butte gazonnée. Je me demande ce qui nous vaut des singeries pareilles.

Ils restèrent quelque temps à fumer en silence tout en écoutant la pluie jaser contre les tôles gondolées.

— Pour quelle heure est-il signalé ? demanda tout à coup Mr. Hodenham.

Thursby, tout en portant une casquette galonnée de chef de gare, n'était en fait qu'un simple ouvrier lampiste qui avait été nommé chef de la halte de Wendley, parce qu'il avait quelques notions de télégraphie Morse, sans avoir la prétention d'être télégraphiste. L'intelligence ne lui avait pas été prodiguée à flots. Il se gratta le nez d'un air perplexe.

— On ne me l'a pas dit ! s'exclama-t-il.

— Eh bien, le télégraphe n'a pas été inventé pour les chiens, répliqua Mr. Hodenham. Faites-le donc marcher et demandez des nouvelles.

Thursby acquiesça et se mit à manipuler les leviers du transmetteur.

— C'est curieux, on ne me répond pas de Bushead-Junction, dit-il à la fin.

— Demandez à Londres, conseilla Mr. Hodenham.

— Je ne le peux pas, je ne suis raccordé qu'à la halte voisine, fut la réponse.

— A cette heure, elle doit être fermée, tout comme celle-ci devrait l'être, dit Mr. Hodenham.

— Je suppose qu'ils devraient y attendre le spécial, tout comme moi, riposta aigrement Thursby, avec beaucoup de bon sens.

Mr. Hodenham opina : c'était juste, après tout.

— Enfin, conclut philosophiquement le chef de gare, qui vivra verra, il me reste heureusement encore une bouteille de thé froid, quelques sandwiches et assez de tabac pour passer la soirée, s'il le faut.

Il regarda son compagnon de biais et ajouta avec un regret affecté :

— Dommage qu'il ne m'en reste pas assez pour vous en offrir !

Mr. Hodenham se leva ; un meilleur dîner l'attendait chez lui, au hameau des Ormes, où sa gouvernante était aux petits soins pour lui.

— La pluie a quelque peu cessé, Thursby, je vous brûle la politesse, mon ami. Je ne tiens pas à rentrer à la nuit close.

Il mentait effrontément car la pluie s'était faite plus rageuse que jamais. Il serra la main graisseuse de l'employé et quitta la lamentable bicoque. Le vent manquant de lui arracher son parapluie des mains, il décida de ne pas l'exposer à sa fureur.

Il raffermit son chapeau sur sa tête et fonça en avant dans l'averse.

Thursby le vit avancer lentement sur la route, entre les hauts peupliers d'Italie secoués comme des mâts dans la tempête. Sa longue silhouette se confondit peu à peu avec les grisailles du soir.

Mais la gouvernante l'attendit en vain auprès d'un délicieux pâté au jambon et d'une bouteille de vieux bordeaux. Mr. Hodenham n'atteignit jamais le hameau des Ormes, ni sa quiète petite demeure d'Elm-Lodge...

Il disparaît trois citoyens de Londres par jour ; les statistiques de Scotland Yard vont même jusqu'à cinq. Des enquêtes sont entreprises, mais nous n'irons pas jusqu'à prétendre qu'elles sont très ardues.

Le plus souvent, on attend tout de la Tamise et des bancs de sable de Sheerness, où la *river* abandonne généralement les cadavres qu'elle a promenés dans ses flots depuis Tower Bridge.

Pourtant, la disparition de Mr. Hodenham émut vivement le grand organisme policier, et même des départements de plus haute importance politique.

Dès qu'il fut établi que Mr. Hodenham n'avait pas réapparu dans sa maison, des ordres formels furent donnés : il fallait expliquer sa disparition, coûte que coûte. Et comme les chercheurs tournaient en rond et affirmaient être absolument sans trace ni piste, les autorités ne perdirent pas un instant et demandèrent la collaboration du grand détective Harry Dickson.

On conduisit le détective, dès son arrivée au Yard, dans un cabinet spécial aux murs rembourrés, aux portes triplement matelassées.

Notre vieille et bonne connaissance le superintendant Goodfield, qui l'y recevait, le présenta immédiatement à un gentleman grisonnant d'aspect sévère :

— Sir Adam Horswell.

Harry Dickson cilla légèrement, car la chose devait être d'importance.

Sir Adam Horswell était le chef occulte du grand service d'espionnage britannique, et Harry Dickson lui-même n'avait jamais été personnellement en contact avec lui, bien qu'il eût souvent travaillé en collaboration avec ses subordonnés dans des affaires intéressant la sécurité du sol anglais.

— Mr. Dickson, dit Sir Horswell sans préambule, il nous faut retrouver Mr. Hodenham.

— Qui est-il ? demanda le détective.

— I. S. 38, fut la réponse ; et Harry Dickson traduisit immédiatement : espion N° 38 de l'Intelligence Service.

Le détective se recueillit.

— Le nom ne me dit rien, ni le chiffre non plus, je vous l'avoue. Ce... fonctionnaire avait-il une mission spéciale ? demanda-t-il.

— Vous nous avez rendu de signalés services en retrouvant naguère, lors de la fameuse affaire de la Bande de l'Araignée, notre infortuné collaborateur Baxter Lewisham, dit Sir Adam ; j'ose espérer que nous pourrons également compter sur vous cette fois-ci.

Harry Dickson sentit l'échappée par la tangente.

— Je regrette de devoir vous dire, sir, que ce n'est pas ce que j'attendais.

» Vous avez vos secrets, mais si vous en avez pour moi, je regrette...

Sir Adam Horswell ne lui laissa pas le temps d'achever.

— C'est trop juste, Mr. Dickson, pardonnez-moi cette seconde de méfiance toute professionnelle. Mais je dois vous avouer que pour le moment, Mr. Hodenham n'avait aucune mission définie. Ce... collaborateur était en quelque sorte une force de réserve pour nous. Il n'intervenait que dans des cas très spéciaux et surtout très graves. L'arrivée de fameux espions dans l'île, par exemple.

— Bien, et pour le moment ?

— Mr. Hodenham pouvait planter ses choux et attendre. Tout est tranquille dans le pays, mais je n'ose pas dire qu'il en sera ainsi, si l'adversaire sait que nous n'avons plus de I. S. 38 à notre service.

— L'adversaire, quel qu'il fût, pouvait-il avoir la moindre idée sur les activités de Hodenham ?

— Pas le moins du monde, Mr. Dickson.

— Permettez, quelles étaient les prestations ordinaires du disparu, quelles sortes de services vous rendait-il ?

— Jamais un espion d'importance n'a débarqué en Angleterre, sans que Hodenham parvienne à le démasquer, sinon à le capturer, du moins à lui faire vider les lieux dans le plus bref délai.

Un pli de mécontentement barra soudain le front du détective.

— Je regrette, sir, de devoir vous tenir un langage qui peut paraître dépourvu d'urbanité, dit-il d'un ton acerbe. Vous ne me dites pas *toute* la vérité ! Tout ce que vous venez de dire ne sont que des demi-vérités, et je ne puis m'en contenter !

Sir Adam donna un coup de poing sur la table.

— Damné homme ! s'écria-t-il. (Sur quoi, un sourire glissa sur sa face austère.) Eh bien oui, Mr. Dickson, vous êtes un homme diablement habile, reprit-il. Vous avez presque pu lire dans ma pensée. Et moi qui croyais qu'elle était bien à l'abri derrière mon front ! Vanité humaine ! Ecoutez-moi.

Le haut fonctionnaire se recueillit à son tour, puis il donna ordre à Goodfield d'aller monter la garde à *l'extérieur* de la porte, et d'empêcher quiconque d'approcher, au besoin par la force !

Puis il parla d'une voix si basse que le détective dut s'approcher de lui et tendre l'oreille.

— Vous n'avez jamais entendu parler du Roi de Minuit sans doute ? Tant mieux, car cela démontrerait qu'il y a des fuites sérieuses dans le service.

» Il y a deux ans que l'existence de cette mystérieuse

créature nous a été révélée. A ce moment, d'inexplicables révoltes éclataient dans les Indes, surtout dans les montagnes. Chose curieuse, presque simultanément, des troubles identiques avaient lieu dans nos plus lointaines colonies.

» Le mystérieux inconnu en question était, disait-on, un Blanc. Homme doué d'une force herculéenne, il étranglait facilement un homme dans ses bras, tout comme le ferait un ours géant. Cette sauvage légende le précédait partout.

» Il descendait des hauteurs de l'Himalaya et aurait fait un long séjour parmi les lamas du Tibet. En vain nos meilleurs limiers ont essayé de l'approcher, l'homme restait invisible. Mais partout où sa venue était signalée, des troubles graves se manifestaient parmi les peuples fanatiques de l'Orient.

» Sur ces entrefaites, il y eut une accalmie ; mais soudain, notre service eut vent de son arrivée en Angleterre.

» Hodenham était notre seul espoir : nous lui avions confié la mission de retrouver le Roi de Minuit et de l'empêcher de nuire encore, par tous les moyens possibles.

Harry Dickson hocha la tête.

— Et à votre idée, c'est le Roi de Minuit qui a eu Hodenham, et non Hodenham le Roi de Minuit ? Il s'agit donc pour moi de découvrir ce redoutable inconnu, si je comprends bien.

Sir Adam Horswell approuva en silence.

— Bien, sir, répondit simplement Harry Dickson, j'accepte...

2. Elm-Lodge

L'interrogatoire de Thursby n'avait pas appris grand-chose aux limiers de Scotland Yard, qui eurent à s'en occuper de prime abord. Harry Dickson y trouva-t-il davantage de lumières ? Il n'en laissa rien paraître en tout cas.

Mr. Thursby avait en vain attendu le « spécial » et avait passé une nuit blanche à maudire l'administration, le télégraphe, les trains spéciaux circulant sur la pauvre ligne Londres, Bushead-Junction, Wendley, Gray-Cross.

Aucun ordre de ce genre n'avait été lancé d'ailleurs par le service compétent : le spécial n'avait jamais existé !

Après des recherches assez ardues, Harry Dickson découvrit à un mile de la gare de Surrey-Junction, à Londres, une double ligne de fortune, établie entre un poteau du télégraphe et une maison riveraine.

C'était une demeure vide depuis des mois, et la ligne aboutissait dans un petit hangar contigu.

C'est là qu'un appareil télégraphique portatif avait dû être installé sommairement, et que l'ordre avait dû être envoyé à Wendley.

Mais pour arriver là-bas, cet ordre aurait dû passer nécessairement par la station intermédiaire de Bushead-Junction.

En effet, l'employé de cette gare avait reçu ordre de raccorder pendant cinq minutes Londres avec Wendley. Cela ne lui avait pas paru très anormal, bien que ce ne fût pas l'usage.

Harry Dickson n'insista pas de ce côté, mais tourna son attention vers la maison vide et le hangar.

Comme il allait se retirer, de guerre lasse, un petit objet brillant, un peu enfoncé dans la terre, comme d'un coup de talon hâtif, attira ses regards.

C'était une jolie pierre aventurine, pailletée d'argent.

Un lapidaire fut consulté. Il s'extasia sur la qualité de la pierre et affirma qu'à son idée elle devait provenir des hautes terres de l'Inde.

C'était un premier indice : un homme ayant voyagé dans ces colonies ou y ayant des accointances devait avoir passé par là.

Cela concordait d'ailleurs avec l'idée que Sir Adam s'était faite du Roi de Minuit, homme venu des régions les plus mystérieuses de cet immense pays.

La pierre présentait quelques griffes, comme si elle avait été négligemment fixée dans quelque bijou, une bague par exemple.

Harry Dickson glissa le joyau dans une enveloppe, y mit également un billet, sur lequel il avait crayonné deux mots, et enferma le tout dans un tiroir de son bureau.

Le lendemain, il se trouvait à Wendley où le mauvais temps continuait à régner avec une fureur têtue.

La petite gare ressemblait à une hutte de chasseurs de canards, perdue au milieu d'un triste marécage. D'immenses flaques d'eau l'entouraient et Thursby avait dû établir un gué artificiel, fait de planches et de grosses pierres, pour pouvoir atteindre son domaine.

— Pauvre Mr. Hodenham, dit l'employé, v'là qu'on l'a tué ! Mais qui ? Je me le demande ! Je n'avais pas vu un chat de toute la journée, et le chemin qui mène tout droit vers le hameau des Ormes ne peut offrir aucun refuge à un bandit aux aguets.

— Le bandit, comme vous l'appelez, Mr. Thursby, n'a pu revenir ici, puisque vous avez veillé toute la nuit, répliqua le détective. Il n'a pu gagner Gray-Cross ni Bushead-Junction où l'on n'a vu aucun étranger. Mais il a pu fuir par les routes.

Mr. Thursby se mit à rire.

— Y pensez-vous, sir ? Il n'y a pas de routes, sinon celle qui conduit au hameau et qui, au-delà, se poursuit d'une traite jusqu'à Wendley-village. Une bien pauvre bourgade, allez, qui dort au milieu de ses friches plates et de ses prairies, et où l'arrivée d'une bécassine est un événement, à plus forte raison celle d'un homme inconnu !

Harry Dickson approuva fort le bon sens du brave homme.

— Sans ce maudit spécial, vous seriez revenu avec lui, n'est-ce pas ?

— Certainement, comme je l'ai fait souvent. Même qu'il m'invitait toujours à venir me rafraîchir chez lui ! Il avait du porto excellent. Oui, comme vous le dites, sans ce maudit spécial, le pauvre homme serait encore en vie car, sans me vanter, j'ai plus de muscles que lui.

» A moins que...

Son bon visage refléta un peu d'angoisse.

— A moins que... encouragea Dickson.

— Qu'il y ait eu deux disparus, moi avec par exemple, dit Thursby tout bas, avec un frisson de malaise.

Harry Dickson se lança à son tour résolument à travers le mur d'eau des averses incessantes, et fit le même chemin que le disparu.

De gauche à droite de la route s'étendaient des prairies inondées; mais aucune eau n'était assez profonde pour recéler un cadavre.

Le détective était le centre d'un vaste paysage détrempé : l'eau du ciel, celle des pâturages immergés, celle qui sourdait entre les mauvaises pierres du chemin. De loin en loin, un héron pêchait mélancoliquement dans la vase des fondrières; un butor poussait un cri rauque avant de s'envoler vers la nue basse.

Les peupliers d'Italie n'offraient pas le moindre abri au passant; ils s'agitaient comme d'énormes roseaux, et leurs maigres panaches fouettaient les pans épars des fumées humides chevauchant bas, parfois au ras de la terre mouillée.

Enfin, au fond de l'avenue, le hameau des Ormes parut.

Il tirait sans doute son nom d'une chétive ormaie, longeant un fossé peu profond, rempli d'une eau jaune et clapotante. Quatre maisons éparses le composaient. Une branche de genévrier, clouée sur la porte de l'une d'elles, indiquait que l'on pouvait y trouver de la bière et du gin.

Le détective poussa la porte basse et se trouva dans la plus lugubre salle d'auberge qu'il lui avait jamais été donné de fréquenter.

Un mince feu de tourbe fumait dans un âtre suiffeux, déjà patiné par les âcres fumées du combustible.

Une femme maigre et noiraude, à denture de cheval, arriva à son appel, le considéra d'un air méfiant et appela son mari qui s'affairait dans la porcherie attenante. L'homme arriva d'un pas traînard, essuyant ses mains sales à un tablier de toile cirée. Il avait le crâne plat des crétins et ricanait de toutes ses dents gâtées par le tabac.

— Bière ou gin ? demanda-t-il.

— Gin, répondit Harry Dickson, et buvez avec moi si le cœur vous en dit.

— Vous venez aussi pour Mr. Hodenham ? demanda l'aubergiste. Beaucoup de messieurs sont venus de Londres, et l'on a vendu quelque peu. Dommage que l'on n'ait pas ça plus souvent, cela ferait du bien aux affaires.

— Vous avez certainement votre idée à ce sujet, dit Harry Dickson.

L'homme ricana de plus belle.

— Vous êtes un homme qui écrit dans les journaux, dit-il, cela se voit tout de suite. C'est-il que vous allez y mettre mon portrait? Où c'est qu'elle est, votre boîte pour faire les portraits?

— Je me contente d'écrire, répondit évasivement le détective.

— Alors, si vous voulez avoir mon idée et celle de tout le hameau, c'est que Mr. Hodenham était un malin. Voilà ce que je dis.

— Et pourquoi donc? demanda le détective en faisant remplir les verres d'un gin affreux.

— Il s'est sauvé avec l'argent de la banque où il était employé, dit l'aubergiste. Pourquoi qu'on l'aurait tué, dites, monsieur le journaliste? Je suis né aux Ormes et ma femme aussi. Jamais il n'y a eu un crime par ici, c'est ce que tout le monde vous dira.

— Vous n'avez certainement rien vu ni entendu, n'est-ce pas?

— Ça non, il faut le dire. Mais ici, tout le monde dort dès qu'il commence à faire noir. Pourquoi qu'on dépenserait de l'argent à des chandelles? Cela coûte cher, vous savez!

— Cette maison au bout du hameau, c'est Elm-Lodge, je crois. Y trouverai-je quelqu'un? demanda encore le détective.

— Oui, la dame Simpson y habite toujours, une femme trop fière pour se mêler à des pauvres gens comme nous, et qui achète tout à Londres!

» Si vous voulez la voir, faudra vous dépêcher. Elle a demandé à Bitts, le fermier, de la conduire demain avec sa charrette à la gare de Wendley.

Harry Dickson sentit qu'il ne tirerait rien de plus du lamentable bonhomme et, après un bref salut, il traversa la chaussée et frappa à la porte de la maison de Hodenham.

Il lui fallut répéter son appel à plusieurs reprises: enfin un pas traînant se fit entendre et quelqu'un ouvrit la porte avec méfiance.

Une grande femme maigre, portant bésicles, à la dure chevelure poivre et sel et habillée de noir, se tenait sur le seuil, peu disposée à laisser entrer le détective.

— J'ai dit tout ce que j'avais à dire aux gens de la police, dit-elle, et ils m'ont priée de ne recevoir personne.

Harry Dickson montra son insigne de détective et elle le laissa entrer avec une mauvaise humeur manifeste.

Mais le détective ne semblait pas s'en apercevoir; il la remercia avec une urbanité parfaite et s'installa dans un fauteuil du salon, sans y avoir été invité par la dame de céans qui se tenait debout devant lui, ses longues mains à demi gantées de mitaines noires croisées sur son ventre.

Un bon feu brûlait dans la cheminée et Harry Dickson en apprécia particulièrement la chaleur après son humide promenade.

— Je crois que vous aimiez votre maître, dit-il.

— Oui, riposta la gouvernante, j'étais à son service depuis plus de six ans.

» Je l'ai fidèlement servi, je ne m'occupais pas de ses affaires. Je ne sais rien de lui, sinon que c'était un homme rangé, doux et tranquille, et qui n'était pas causeur. Je m'en vais demain. Voilà tout ce que j'ai dit aux policiers de Londres et je le répète pour vous. Mais je ne puis rien ajouter, parce que je ne sais rien. Visitez la maison comme les autres l'ont fait, je ne m'y oppose pas.

Elle s'assit à une petite table de travail et se mit à repriser des bas de laine noire sans plus s'occuper du visiteur.

— Quand vous serez à Londres, venez me voir si vous pensez pouvoir être de quelque utilité dans les recherches, dit tout à coup Harry Dickson. Il va de soi que ces déplacements seront largement payés.

Il tendit sa carte à la dame.

— Harry Dickson, lut-elle à mi-voix. Vraiment, ils doivent beaucoup tenir à retrouver Mr. Hodenham, puisqu'on vous en charge; j'ai naturellement déjà entendu parler de vous.

Elle continua à tirer l'aiguille pendant quelques instants, puis elle ajouta:

— Bon, il n'est pas impossible que je vous fasse une visite. Et il n'est pas impossible que je trouve quelque chose, car moi aussi, je veux savoir. Voilà!

C'était dit d'un ton sec et énergique, d'une désagréable voix sourde.

— Merci, répondit simplement le détective. Puis-je fumer ?

— Mr. Hodenham fumait. Ses cigares sont dans la boîte à gauche de la cheminée.

» Les policiers de Londres en ont fumé. Vous pouvez en prendre. Buvez un verre de porto.

La femelle s'humanisait et Harry Dickson s'en sentit bien aise.

Une grande table ronde se trouvait placée dans un coin de la spacieuse salle : une bouteille de porto s'y pavanait parmi des verres, ainsi qu'un jeu de cartes.

— C'était son unique distraction, au pauvre homme, murmura la gouvernante en remplissant un verre.

— Vous n'en prenez pas ? demanda poliment le détective en élevant son verre empli d'une belle liqueur rouge sombre contre la lumière du jour.

— Non, merci, jamais.

Quand il eut bu et vanté la qualité du vin qui était parfaite, le détective demanda l'autorisation de parcourir la maison.

— Puisque je vous l'ai déjà dit ! fut la brève réponse. Toutes les portes sont ouvertes, et rien n'est fermé à clé ici.

La maison était merveilleusement bien tenue et d'une propreté sans reproches.

C'était celle d'un bon petit-bourgeois, d'un confort un peu désuet, sentant le bon tabac et, discrètement, la verveine et la lavande d'un linge bien entretenu.

Elle était sans mystère et Harry Dickson s'en rendit bien compte.

Le bureau de Mr. Hodenham possédait une paire de bons fauteuils, une table de travail nette de tout papier, avec des tiroirs à peu près vides. La bibliothèque était peu fournie et ne contenait que quelques livres peu feuilletés de Rider Haggard, de Dickens, de Thackeray ainsi que deux belles bibles.

Comme Harry Dickson tirait quelques volumes hors de leur rayon, un objet lourd tomba bruyamment sur le sol.

Le détective le ramassa et le remit en place, mais non sans l'avoir examiné avec étonnement.

C'étaient deux longues tiges d'acier jointes par une sorte de rotule bien huilée. Cela ne lui apprenait rien. Mais en regardant plus avant dans la bibliothèque, il trouva un même appareil faisant la paire avec le premier.

Harry Dickson haussa les épaules : Hodenham pouvait bien avoir quelque secret aussi, si toutefois cette ferraille en était un.

Il n'y prêta d'ailleurs aucune importance et retourna vers le salon où la dame Simpson avait repris un autre bas de laine noire.

Mais il y avait aussi un visiteur que le détective n'avait pas entendu entrer. Il en eut l'explication aux paroles de l'arrivant : c'était l'aubergiste à tête de crétin.

— Vous avez laissé la porte ouverte, m'ame, disait-il, et je me suis permis d'entrer.

» Alors, il y a Bitts qui a des rhumatismes et c'est moi qui aurai l'honneur de vous conduire avec la voiture à la gare, demain.

— C'est bien, Griggs, allez-vous-en, grogna Mrs. Simpson.

L'homme loucha vers la bouteille de porto, et, ce faisant, ses yeux tombèrent sur la carte du détective.

Une lueur brilla dans ses yeux ternes et il regarda Dickson avec quelque malice, puis lui fit un grand salut.

— A demain! dit-il en se retirant.

La gouvernante ne faisant pas mine de le retenir davantage, le détective prit congé à son tour en lui rappelant sa promesse de venir le voir.

— C'est possible, répondit-elle, au revoir!

Le détective se retrouva dans la rue, sous l'averse.

Du pas de sa porte, Griggs, l'aubergiste, le regardait ; Dickson le héla.

— Conduisez-moi donc à la gare de Wendley avec cette voiture, dit-il.

— Très bien, cria l'homme, mais Bitts demande deux shillings pour sa voiture.

— Et il y en aura deux pour vous, déclara le détective.

L'homme traversa la chaussée en courant, entra dans une petite ferme basse et, cinq minutes plus tard, il amenait par la bride un maigre poney attelé à une carriole démodée, haute sur roues et tendue d'une capote trouée.

— Montez, sir, invita-t-il ; Duke, le poney, court très bien.

L'éloge était quelque peu exagéré, car Duke adopta dès le départ un petit trot mécanique dont il ne se départit pas une minute pendant le trajet.

Griggs ne parlait pas, se contentant d'encourager son coursier par d'effroyables hurlements ponctués de coups de fouet dont le poney ne semblait avoir nul souci.

L'eau filtrait insidieusement par la bâche qui, formant robinet par-ci par-là, laissait couler un jet d'eau glacée, tantôt dans le cou, tantôt sur les jambes de l'infortuné voyageur.

Les peupliers, agités par un vent furieux venant de la mer, faisaient une musique lugubre et Harry Dickson sentait l'immense désolation du lieu le gagner.

Il poussa un soupir de soulagement en voyant poindre au loin la toiture luisante de la gare, et se détacher sur l'horizon le panache blanc d'une locomotive.

Comme ils arrivaient et que le détective, après avoir payé son conducteur, se mettait en devoir de guéer à travers les amples flaques d'eau, Griggs le retint soudain par un pan de son manteau.

— Vous êtes Harry Dickson, dit-il en balançant sa vilaine tête d'un air plus idiot que jamais. Je le sais, je l'ai lu sur la carte; et puis, ma femme a vu votre portrait dans les journaux.

Le détective s'apprêtait à continuer sa route sans répondre, mais l'homme le retint.

— Ecoutez donc, Mr. Dickson, si je trouve quelque chose, moi, et que je vienne vous le dire, car j'ai vu votre adresse sur la carte, c'est-il que vous paierez mon voyage à Londres, ainsi qu'un supplément pour le renseignement?

— Mais certainement, répondit vivement Harry Dickson. Et que pourriez-vous m'apprendre?

L'homme ricana plus fort.

— Sais pas... mais on peut jamais savoir! Je connais votre adresse et je viendrai. Mais il faut être honnête et bien me payer.

D'un geste énergique, il enveloppa le poney d'un coup de fouet et la voiture s'ébranla dans un geyser d'eau et de boue.

Le train pour Londres entrait en gare.

3. Une mission de Tom Wills

Tom Wills, l'élève préféré de Harry Dickson, venait de recevoir de minutieuses instructions du célèbre détective.

Après l'avoir mis au courant de tout ce que nous savons déjà, Harry Dickson résuma la situation en ces termes :

— L'homme dénommé le Roi de Minuit aurait donc établi son quartier général à Londres, tel est l'avis de Sir Adam, et je crois que c'est fort possible.

» Nulle jungle n'est plus propice aux grands forbans, et ne leur offre de cachettes plus sûres que notre métropole.

» Comment opérera-t-il ? Mystère... Mais j'ose prétendre qu'il va devoir prendre contact avec des gens venus des pays d'Orient.

» Autant que faire se pourra, surveillez l'arrivée de certains personnages hindous. Si je dis hindous plutôt que des envoyés d'Afrique, c'est qu'ils sont autrement près de notre civilisation que ces derniers. Ensuite, ils possèdent plus d'esprit d'intrigue.

— Gens de qualité ? demanda Tom Wills.

Harry Dickson haussa les épaules.

— Ce n'est pas absolument nécessaire. Au contraire, les intrigants venant de là-bas affectent plutôt l'air miséreux, comme étant leur meilleur masque.

» Sans doute, je vous envoie quérir l'éternelle aiguille dans la botte de foin ; mais vous pouvez tenter votre chance.

Tom Wills déambula le long des India Docks.

Il perdit beaucoup de temps à filer d'innocents lascars, matelots ou chauffeurs de navires. Il attacha de vains espoirs à la poursuite d'un rajah authentique qui ne venait pourtant à Londres que pour y dépenser une partie de ses plantureux revenus en folles fêtes.

Un jour, entre chien et loup, il eut néanmoins cette étrange impression qu'il se trouvait en face de faits nouveaux, dignes d'un sérieux contrôle.

Un cargo mixte, navire destiné aussi bien au transport

77

des marchandises que des passagers, le *Simla*, venant de Calcutta, était à quai, devant les entrepôts de Ripson & Co. Ltd., les grands exportateurs.

Débarqua alors un petit homme replet, vêtu à l'européenne, mais dont le teint basané dénotait l'Eurasien. Un unique serviteur le suivait.

Ce dernier attira bien plus l'attention du jeune détective que le maître ne le faisait. Grand, vêtu misérablement, la démarche presque élégante, il avait un air de réelle distinction.

Tom Wills remarqua son regard fiévreux, sa mine méprisante.

Il décida de les suivre sur-le-champ.

Après avoir hésité quelques instants, tous deux prirent place sur l'impériale d'un autobus, qui faisait le service entre les quartiers maritimes.

Ils descendirent à une halte des quartiers populeux de Wapping, et reprirent aussitôt passage sur un bus qui les conduisit vers Kensington.

Et là, Tom Wills les perdit de vue.

Il en était fort marri, car il sentait une manœuvre ayant pour but de les soustraire à une probable filature.

Il n'en souffla mot à son maître, et le lendemain, il retourna au *Simla*.

Il ne lui fut guère difficile de faire causer un steward du bord.

Le petit homme bedonnant s'appelait Anthon Carter, employé dans une firme réputée de Calcutta; il venait à Londres pour y passer ses vacances et surtout pour y faire soigner son asthme. Il avait emmené un domestique de couleur mais n'avait vraiment pas eu de chance avec lui, car l'homme l'avait abandonné dès sa première sortie dans la capitale.

— Ce n'est pas la première fois que cela arrive, déclara le steward, ces moricauds espèrent trouver ici une terre de délices. Bah... bon débarras, après tout !

Tom Wills retourna à Kensington et y musa longuement à travers les rues et les jardins. Mais sa bonne étoile veillait sur lui.

Le soir venu, il s'apprêtait à prendre place dans le premier autobus venu qui le reconduirait à Baker Street, quand une vive discussion tenue dans une langue étrangère éclata dans son dos.

Le jeune homme se retourna et se trouva presque nez à nez avec Anthon Carter, parlant sur un ton de reproche avec un gentleman au teint sombre, à la figure d'oiseau de proie.

Ah, Tom aurait bien voulu posséder en ce moment la science de son maître : mais il ignorait les quatre grands idiomes de l'Inde, bien qu'au parler chantant, il crût pouvoir affirmer que c'était en bengali que les deux interlocuteurs s'entretenaient.

Pourtant, il saisit un mot qui revint à plusieurs reprises dans leur fiévreuse conversation et qui n'était pas du bengali : *Maybug*.

C'était l'heure où les rues de Kensington étaient remplies de monde ; un remous dans la foule le sépara soudain des deux hommes, et malgré toutes ses tentatives, il ne parvint plus à les rejoindre.

Mais il tenait un mot, et il le répéta mentalement.

— *Maybug*... Comment diable peuvent-ils s'intéresser à un hanneton ? Voudraient-ils lui mettre un fil à la patte, quelquefois ?

Soudain, il se frappa le front.

Dans une rue du vieux quartier, connue pour ses établissements interlopes, se trouvait un hôtel pas trop bien famé, le *Maybug*, où d'infâmes petits greluchons en goguette venaient danser, boire et se livrer au commerce clandestin des stupéfiants.

« Allons voir, se dit-il, l'heure n'est pas bien avancée. »

La rue en question n'était pas loin et il y arriva en quelques minutes. Bientôt, il put voir rougeoyer l'enseigne électrique de l'hôtel : un gigantesque hanneton remuant mécaniquement de hautes pattes grêles.

Un limonaire y jouait, à grand renfort de xylophones, les airs les plus crapuleux, au goût de la douteuse clientèle du lieu.

— Hello, joli garçon, on offre un verre à sa Dolly ?

C'était une de ces pauvres créatures, encore vaguement jolies, en quête d'une aventure, d'un souper ou simplement d'un verre de gin qui l'apostrophait de la sorte, en minaudant sous ses fards.

Tom décida qu'il valait mieux entrer dans cet antre des plaisirs pauvres en pareille compagnie que tout seul.

— Entendu, Miss Dolly ! accepta-t-il.

Il n'y avait pas beaucoup de monde à l'intérieur ; les affaires ne semblaient pas marcher bien fort au dancing, malgré les gestes d'invite du hanneton électrique et la fureur musicale du limonaire.

Quelques couples fatigués tournaient en rond aux sons d'une valse banale.

Tom commanda des cocktails, ce qui lui valut l'admiration immédiate de sa compagne et l'empressement du *waiter*.

— Vous êtes un chic type, dit Dolly en sirotant la boisson violemment colorée.

— L'endroit ne me paraît guère plaisant, répliqua Tom Wills.

Dolly acquiesça avec véhémence.

— Si j'avais quelque argent devant moi, je vous assure que je n'y resterais pas, dit-elle, une sale boîte, allez !

— Oh, vraiment ? demanda Tom avec une indifférence bien jouée.

— Voilà huit jours que je demande à changer de chambre, continua Dolly, et l'on me dit que je n'ai qu'à rester où je suis ou à aller coucher au *Claridge*.

Elle éclata d'un rire amer.

— Je serais réduite à coucher sur un banc de Hyde Park, si l'on me mettait à la porte, ricana-t-elle.

— Votre chambre n'est donc pas jolie ?

— Bah, elle vaut une autre chambre d'hôtel, mais depuis huit jours, cela sent là-dedans comme dans un vieux fromage ! Tout mon argent toujours vaporisé passe à l'achat de l'eau de Cologne. Croyez-vous que ce soit amusant ?

» J'ai dit au patron que cela vient des gens d'à côté, des malpropres ! Mais il faut croire qu'ils paient bien, car il m'a envoyée paître comme un mouton !

— Et qui sont ces vilains ? demanda le jeune homme en riant.

— Le sais-je, moi ? Des sortes de nègres, je suppose, j'ai quelquefois entrevu leurs sales museaux, noirs et mal lavés. C'est déshonorant.

Tom se contenta de rire encore, mais tout son esprit était en éveil.

Ce fut Dolly qui prit les devants.

— Si vous voulez vous fendre d'une bouteille de vin — et il n'est pas mauvais — je pourrais vous recevoir dans ma chambre. J'ai encore un peu d'eau de Cologne et vous ne sentirez rien de la cuisine nègre.

Le jeune homme fit la moue, mais Dolly insista.

— Je vous tirerai les cartes, et je pressens que je vous prédirai un riche mariage ou un gros héritage. Le meilleur *fortune-teller* de Londres ne saurait mieux faire. Tenez, j'ai des cartes tout à fait spéciales. Je vais tout vous dire, car vous m'inspirez confiance.

» L'autre jour, la chambre des nègres était ouverte, et il n'y avait personne.

» J'ai vu un jeu de cartes sur la table. On raconte que ces vilains bonshommes jettent un sort sur leurs cartes, pour leur faire mieux dire la vérité. Aussi, j'ai barboté le paquet. Et vraiment, tout ce que les cartes m'ont dit a été pure vérité pour moi. Venez-vous ?

Cela faisait trop bien le jeu du jeune détective, et il estima qu'il avait hésité assez longtemps.

— Allons, dit-il, je veux bien, d'autant que cet instrument de musique me met les nerfs au supplice.

Dolly fit signe au *waiter*, échangea quelques mots avec lui et, avec un large sourire, un assentiment fut donné.

L'instant d'après, il gravissait sur les talons de sa compagne un escalier terriblement roide. Il traversa un palier poisseux sur lequel s'ouvraient plusieurs chambres et suivit Dolly dans une affreuse chambre d'hôtel, banalement meublée et éclairée par une ampoule ternie par d'anciennes chiures de mouches.

Dolly se mit aussitôt en devoir de battre les cartes et, en effet, lui prédit la plus belle destinée.

— Ma chère Dolly, dit le jeune homme, si vous voulez me faire un plaisir, vendez-moi ces cartes prestigieuses qui me porteront peut-être bonheur. Je vous en offre dix shillings.

La jeune femme fit la moue.

— Si j'étais plus riche, je vous les donnerais pour rien, bien que j'y tienne beaucoup. Elles sont vraiment épatantes. Mais je tiens à vous faire plaisir. Disons une livre et n'en parlons plus.

Tom Wills accepta, tendit un billet d'une livre à sa compagne, et le paquet de cartes grasses changea de propriétaire.

C'est alors qu'il sentit tout à coup l'odeur.

Elle arrivait dans la chambre par bouffées intermittentes.

Le jeune homme l'aspira et un haut-le-cœur lui souleva la poitrine.

— Hein, je vous le disais, cela ne sent pas la rose ! dit Dolly tristement.

— C'est hideux, la tête me tourne, voudriez-vous me donner un peu d'éther ?

Dolly le regarda avec tristesse.

— Mon Dieu, comme je regrette... Ecoutez, il y a un pharmacien au coin de la rue, j'y cours. Je serai de retour dans une minute.

C'est tout ce que Tom demandait.

A peine entendit-il les pas de la jeune femme décroître dans l'escalier qu'il ouvrit la fenêtre et inspecta le dehors.

Elle donnait sur une étroite ruelle sombre en retrait de la grande rue.

Tom ouvrit son veston, déroula une très mince, mais solide corde de soie, qu'il portait toujours roulée en ceinture autour de son corps, l'attacha au rebord extérieur et la laissa se dérouler dans le vide.

Il fermait la fenêtre quand Dolly revint.

— Ecoutez, Miss Dolly, dit-il, il fait vraiment trop malsain dans cette chambre, mais j'aimerais passer la soirée avec vous.

— Chouette ! s'écria la jeune femme en battant des mains.

— Attendez !

Tom sembla réfléchir longuement.

— Je dois d'abord m'excuser auprès d'un ami à qui j'avais promis cette soirée.

» Attendez-moi au théâtre italien de Drury Lane ; on y donne *Madame Butterfly*. Prenez deux fauteuils, je vous y rejoindrai, après quoi, nous irons souper au grill-room du *Blue Bell*.

— Mais pas de lapin, hein ? demanda Dolly, méfiante.

— Voici une livre pour payer nos places, fut la réponse de Tom, je vous rejoindrai dans la salle pendant le spectacle. Si je tarde un peu à venir, songez que je dois me mettre encore en habit de soirée.

Cela parut convaincre la belle enfant qui, de nouveau, battit des mains, et qui, une fois Tom parti, se mit en devoir de faire aussi un brin de toilette.

Une fois dans la rue, le jeune détective ne perdit pas un instant. Il sauta dans le premier taxi venu et se fit conduire dans Baker Street.

Harry Dickson l'écouta attentivement puis, sans dire un mot, il frappa sur l'épaule de son élève.

— Dolly m'attendra au moins jusqu'à minuit, heure de la fin du spectacle, et alors, il lui faudra encore pas mal de temps pour revenir. Sa chambre est à nous pendant deux heures.

— C'est plus qu'il n'en faut, répondit Harry Dickson, et la corde dans la ruelle est bien le meilleur passe-partout. Allons !

Le taxi les reconduisit jusque dans les environs du *Maybug* où les deux détectives n'eurent aucune peine à trouver la ruelle.

Elle était noire et complètement déserte, car seules quelques remises et des cours de maisons s'y ouvraient.

— Voici l'arrière-façade de l'hôtel, maître, murmura Tom Wills, la fenêtre est là, au premier étage... Ah ! je tiens la corde !

Il y monta avec une adresse de singe, poussa la fenêtre qui n'était pas complètement fermée et siffla doucement. Quelques instants après, Harry Dickson l'avait rejoint dans la chambre vide.

— Sentez-vous l'odeur, Mr. Dickson ? souffla Tom Wills.

— Oui, elle traverse la cloison, je crois... et je pense aussi savoir ce que c'est.

— Le cadavre... murmura Tom avec un frisson de répulsion.

— Oui, c'est bien cela, mon garçon.

Doucement, ils sortirent sur le palier.

Tout était tranquille dans l'hôtel, si ce n'est le bruit des xylophones et des voix qui montaient d'en bas.

— Voici la chambre des nègres, dit Tom à voix basse, ou du moins ce que Dolly appelait ainsi.

— Fermée à clé, mais cette clé n'est plus là, constata Dickson.

Avec mille précautions, il introduisit un rossignol dans la serrure et la porte s'ouvrit immédiatement.

La chambre n'était pas tout à fait obscure, car un peu de clarté y filtrait du dehors. Immédiatement, les détectives virent qu'elle était sans occupants et Dickson alluma une petite lanterne de poche.

La pièce présentait cet aspect désordonné qu'ont les chambres quittées en toute hâte. Les meubles étaient ouverts et les tiroirs vides.

— Filé! marmotta le détective.

— Quelle odeur! grogna Tom à son tour.

Harry Dickson faisait méthodiquement l'examen des murs; un placard fermé attira son regard.

Sans retard, le détective en força la serrure.

L'odeur qui sortit de l'armoire quand elle s'ouvrit était telle que les deux hommes reculèrent.

Deux formes sombres se tenaient recroquevillées dans la profondeur noire du placard. La lumière de la lanterne tomba sur elles.

C'étaient les cadavres de deux Hindous presque complètement nus, ramassés sur eux-mêmes dans une pose hideuse.

— Le serviteur d'Anthon Carter, dit Tom, qui venait de reconnaître l'un des corps.

La mort de ce dernier ne devait remonter qu'à quelques heures, car il était encore humide de sang frais; l'autre, au contraire, était dans un état de décomposition déjà avancée.

Malgré son horreur, Dickson les examina, et cette horreur s'en accrut encore.

Tous les membres en étaient tordus, les os brisés comme s'ils étaient passés sous quelque monstrueux pilon.

Il n'y avait plus rien à découvrir dans la chambre de mort, et Harry Dickson ordonna la retraite.

La corde de soie les aida à redescendre, elle fut mise en

double — ce qui leur permit de l'enlever par la suite. Auparavant, Harry Dickson avait tout remis en état dans les chambres.

— Une affaire d'Etat se conduit différemment d'une autre affaire, Tom, expliqua le détective sur le chemin du retour. C'est pour cette raison que nous allons laisser sommeiller tout cela. Mais vous avez fait pourtant coup double.

» Le Roi de Minuit a occupé cette chambre, naturellement sous un déguisement approprié; et nous ne découvrirons rien en interrogeant le personnel de l'hôtel. Au contraire, nous risquons de donner l'éveil aux gens que nous poursuivons.

— Comment concluez-vous à la présence de cet inconnu? demanda Tom.

— Rappelez-vous qu'on le décrit comme une créature qui broie les hommes à la façon des ours.

— Ah! C'est trop juste... et après, maître?

Harry Dickson pinça la joue à son collaborateur.

— Les cartes, mon petit! Elles étaient en tout point pareilles à celles que j'ai entrevues à Elm-Lodge. Elles ont dû être dérobées au malheureux Hodenham qui, lui aussi, avait la passion du tarot. Au dire de Thursby et de Mrs. Simpson, il en avait toujours sur lui.

» Je sais donc que Hodenham est bien tombé entre les mains du Roi de Minuit.

— C'est mince, opina Tom Wills.

— Et c'est beaucoup. Nous sommes vraiment partis de rien, dans cette histoire.

» Aujourd'hui, nous avons un point d'appui.

» Le Roi de Minuit est à Londres, en contact avec des Hindous. Il tue... pourquoi? je n'en sais rien, mais il tue, et c'est une rude piste qu'il ouvre lui-même et qui pourra nous mener vers lui... et puis, il aime le jeu de cartes.

4. Les corbeaux sur la plaine

Ici, l'affaire du Roi de Minuit arrive à un point mort — cette stagnation dans les faits et les recherches que note toute enquête criminelle.

On tourne en rond, on suit de fausses pistes, ou bien celles-ci manquent totalement. Harry Dickson ne s'émeut jamais de ces ternes intermèdes, mais ils ont l'heur d'horripiler le brave Tom Wills.

Les navires venant de l'océan Indien n'amenèrent aucun passager digne de retenir l'attention des détectives. Anthon Carter était introuvable malgré des recherches poussées à fond par Scotland Yard.

On laissa le *Maybug* en paix, tout en le tenant sous une sévère surveillance qui, elle aussi, fut vaine.

Un matin, très tôt, on sonna à la porte de Baker Street. C'était l'aubergiste Griggs, revêtu de ses plus beaux atours, qui venait faire la visite promise à Harry Dickson.

Celui-ci le reçut cordialement et laissa venir l'homme qui, manifestement, avait quelque chose à raconter.

— Mr. Dickson, commença-t-il après avoir apprécié particulièrement un solide grog au rhum, Mr. Dickson, je voudrais bien avoir votre avis sur les corbeaux.

Le détective le regarda d'un air amusé mais quand même interrogateur.

— Si ces vilains oiseaux s'assemblent en masse autour d'un endroit, continua l'homme sur un ton doctoral, cela signifie quelque chose : c'est qu'ils ont trouvé quelque pâture à leur goût. Connaissez-vous le goût des corbeaux ?

— Hmm, répondit le détective en riant, il n'est guère d'une finesse achevée, je crois que la charogne fait en général leur affaire.

— Vous l'avez dit, Mr. Dickson, et moi qui vous parle, j'ai vu un jour flotter le cadavre d'un noyé sur les eaux du marais de Wendley, eh bien, les corbeaux l'entouraient d'un nuage épais. Je dis, moi, qu'ils ont le goût du cadavre...

— Au fait, Griggs, qu'avez-vous découvert ? l'interrompit Dickson, désireux de mettre fin à cet inutile verbiage.

— Encore rien, mais cela ne tardera guère, répliqua l'aubergiste. Derrière Elm-Lodge, la demeure du malheureux Mr. Hodenham, se trouve une eau très profonde. J'ai déjà eu dans l'idée de l'explorer un jour depuis la disparition de cet homme juste, mais chaque fois, cette méchante femme, Adelaïde Simpson, regardait par la fenêtre. Mais à présent, elle est partie et la maison est fermée. Avec l'aide du charron Bitts, je me suis mis à forger des grappins très solides, nécessaires, à mon idée, à l'exploration de cette mare profonde. Mais je crois que je pourrai me passer de ses instruments, maintenant. Depuis quelques jours, on a travaillé ferme aux irrigations de la plaine de Wendley, et les eaux se sont mises à baisser très fort, tellement, même, que la mare en question y a perdu les deux tiers de son contenu.

» Hier après-midi, j'ai vu tout à coup une sorte de fumée s'agiter au-dessus de cet endroit. C'étaient des corbeaux ! Il y en avait ! Oh ! des masses.

» Je voulais aller voir ce qui les attirait, mais Bitts, qui est un malin, m'en a empêché en disant :

« — Je crois que c'est plutôt l'affaire à la police. Il y a du louche là-dedans, surtout que cela se passe tout près de la demeure de Mr. Hodenham. »

» Nous avons chassé les oiseaux à coups de fusil et je suis venu vous trouver.

» Ne pensez-vous pas qu'une visite à Elm-Lodge et à sa mare puisse être profitable à vos recherches ?

— Est-ce tout, Griggs ?

— Hmm, oui et non, je n'ai naturellement touché à rien, mais on ne pouvait pas m'empêcher de regarder, et il m'a semblé que quelque chose qui ressemblait vaguement à un cadavre flottait sur l'eau. Pensez-vous que Mr. Hodenham...

Harry Dickson se leva.

— Tom, ordonna-t-il à son élève, téléphonez au médecin légiste Barley, de Scotland Yard. Il devra m'accompagner sur-le-champ. Je prends la première auto venue et serai devant le Yard dans un quart d'heure.

Le docteur Barley était un médecin légiste réputé qu'on

ne dérangeait que dans des cas fort graves. Mais des ordres avaient été donnés en haut lieu, et lorsque l'auto du détective stoppa devant la sombre bâtisse de Scotland Yard, le praticien l'attendait déjà.

La journée était claire et froide, et Wendley avait un tout autre aspect quand l'automobile s'engagea sous les peupliers d'Italie.

La plaine, dont les eaux s'étaient retirées en partie, luisait d'un joli vert frais et les flaques persistantes avaient des tons de nacre et d'argent sous un ciel bleu tendre, ouaté de petits nuages roses.

Le hameau des Ormes s'était dépouillé de sa sinistre noirceur et dormait dans un calme idyllique, à peine troublé par le gloussement d'une géline et le meuglement d'une vache à l'étable.

Comme les voitures basses s'approchaient des voyageurs, un coup de fusil retentit et Griggs ricana d'aise.

— C'est Bitts qui chasse les corbeaux, dit-il, preuve qu'ils sont revenus et que la chose qui flotte est encore en place.

L'auto stoppa devant Elm-Lodge dont les volets verts étaient hermétiquement clos, et aussitôt le détective et le médecin s'approchèrent de l'étang.

Un objet informe, aux apparences de sac gonflé, était visible, émergeant à peine au milieu de la grande flaque.

— Allez chercher vos grappins tout de même, Griggs, ordonna Dickson.

L'autre ne se fit pas prier, il revint bientôt en courant, et les lourds crochets furent habilement lancés et agrippèrent l'épave.

Haut dans le ciel, les corbeaux se plaignaient aigrement, voyant une juste proie leur échapper.

Lentement, le sac fut remorqué vers la berge ; il ne l'atteignait pas encore qu'une affreuse odeur régna autour des hommes.

— Un cadavre, observa le docteur Barley.

Sur la terre ferme, la bure grossière qui servait d'emballage se déchira et des formes hideuses apparurent.

Sans dégoût, tout à sa profession, le médecin, ganté de caoutchouc souple, s'empara d'une tripe brunâtre.

Hors d'une chair affreusement mortifiée, un os brisé parut.

Puis une jambe tranchée à la hauteur de la hanche, une autre jambe sectionnée d'une façon identique, enfin deux bras atrocement gonflés par leur séjour dans l'eau.

— Séjour de plusieurs semaines, murmura le médecin. Au moins trois.

— Il y a trois semaines que Hodenham a disparu, observa Harry Dickson.

Mais le docteur Barley secoua la tête.

— Ce n'est pas le cadavre de Mr. Hodenham, dit-il, nous sommes devant les restes d'un corps de femme dont le tronc et la tête font défaut.

Il examina les sections, nettes et formidables.

— Un véritable travail d'anatomiste, dit-il.

Sur les ordres du détective, les deux villageois présents explorèrent à coups de gaffe et de grappin les profondeurs de la mare, mais n'amenèrent que des algues et des lentisques pourries.

Le médecin continuait minutieusement son examen.

— Tudieu, dit-il tout à coup, voici une chose peu ordinaire : ces membres semblent avoir été réduits auparavant en bouillie, regardez-moi ces os brisés en plusieurs endroits ! On dirait qu'ils ont passé sous quelque presse hydraulique.

Harry Dickson cilla légèrement.

— La marque de la bête, murmura-t-il. Le Roi de Minuit semble vouloir signer ainsi ses forfaits meurtriers.

Le docteur fit emballer les horribles restes dans des caisses apportées par lui à cet effet, puis on les chargea dans l'auto.

Le chauffeur reçut l'autorisation de se restaurer à l'auberge de Griggs, tandis que le détective et le docteur Barley se dirigèrent vers Elm-Lodge.

— J'ai grande envie d'y faire une dernière visite, déclara Dickson.

Ils franchirent un mur de pierres sèches, peu élevé, entrèrent dans le jardin et avisèrent la porte de l'office.

Elle n'était fermée qu'au loquet.

— Mrs. Simpson me paraissait pourtant une femme

d'ordre, observa le détective en entrant dans la maison, suivi de son compagnon.

Tout y faisait penser à un départ méthodique.

Les chaises et les fauteuils étaient couverts de housses grises, les armoires étaient fermées à clé, les tapis avaient été roulés et les tentures enlevées.

Non, on ne pouvait accuser de négligence la sévère Mrs. Simpson.

— Pourtant, la porte de l'office prouverait le contraire, maugréa Harry Dickson.

Ils se trouvaient à présent dans le bureau de Mr. Hodenham. Des rideaux de lustrine verte avaient été tirés devant les vitres de la bibliothèque.

Le détective les ouvrit et tout à coup, il pensa aux curieuses tiges de fer : elles n'étaient plus à leur place.

Harry Dickson en fit la remarque à haute voix et se mit en devoir de déplacer quelques volumes, pour se livrer à de plus attentives recherches.

Soudain, le docteur Barley, qui se trouvait derrière lui et observait ses gestes, poussa un cri de terreur :

— Attention ! Regardez au-dessus de vous ! Tirez donc !

Machinalement, le détective chercha son revolver et leva les yeux : entre deux volumes déplacés, une longue main décharnée venait de paraître, tenant un revolver automatique.

Un coup de feu claqua et le docteur Barley, poussant un cri d'agonie, roula sur le plancher ; au même instant, toute la bibliothèque tourna violemment, cogna la tête de Harry Dickson qui tomba sur les genoux.

Avant qu'il pût faire un geste de défense, un objet pesant fut abattu sur son crâne et une étoffe noire roulée autour de sa tête.

Ce n'est que bien plus tard dans la journée que Scotland Yard fut avisé de la terrible tuerie de Wendley.

Le chauffeur de l'auto qui avait amené le détective et le médecin se dirigeait vers sa voiture quand soudain, un des volets de la maison fut entrebâillé et un coup de feu retentit, l'étendant raide mort.

Griggs et Bitts accouraient sur le seuil de l'auberge, pour leur plus grand malheur, hélas : deux autres détonations suivirent, les frappant mortellement à leur tour.

Il n'y avait plus au hameau des Ormes que la femme de Griggs, qui put voir du fond de sa cour une haute forme sombre jeter un paquet volumineux dans la voiture, bondir au volant et s'éloigner à toute vitesse.

La femme Griggs eut assez de présence d'esprit pour atteler immédiatement le poney de Bitts à la vieille carriole et rouler à bride abattue vers la gare. Une autre horreur l'y attendait.

Auprès de son appareil télégraphique démoli, le pauvre Thursby gisait, le crâne fracassé.

Quand la malheureuse femme atteignit enfin Bushead-Junction, d'où Scotland Yard fut alerté, il y avait belle lurette que l'automobile avait dû arriver à Londres.

On trouva le docteur Barley, mort dans le bureau de la maison de Hodenham, le cœur traversé d'une balle. Harry Dickson, lui, avait disparu.

5. Mais Harry Dickson se débrouille...

L'étrange réveil !

Une odeur aigre de formol tira le détective d'une torpeur dont il n'évaluait pas la durée. Sa tête était douloureuse à cause du coup qu'il avait reçu à Wendley ; sa bouche et son menton étaient poissés de sang séché. Une forte hémorragie nasale avait dû se produire, mais le détective comprit qu'elle lui avait été plutôt salutaire.

Il ne jouissait pas de la liberté de ses mouvements et il vit que ses membres étaient entravés, non par des liens de corde, mais par de fines et solides chaînes d'acier. L'une d'elles le ceinturait complètement et se scellait à la muraille.

Un demi-jour régnait dans la pièce où il se trouvait et il put l'examiner à son aise.

La chambre était souterraine et prenait jour par un soupirail aux vitres crasseuses, donnant au ras du pavé de la rue.

Cette rue devait être fréquentée, car il entendait le pas des passants.

Il voulut crier, mais aussitôt, il sentit une douleur affreuse lui vriller la gorge : quelque chose se gonflait dans sa bouche dès qu'il essayait d'émettre un son. C'était une ingénieuse poire d'angoisse qui lui permettait de respirer, mais non de crier ou de parler.

Alors, il vit la singulière ordonnance de l'endroit où il se trouvait.

Une longue table rectangulaire se trouvait au milieu de la cave, couverte d'instruments étincelants, dans lesquels le détective n'eut aucune peine à reconnaître des scalpels, des pinces et de menus appareils de chirurgie.

Une longue théorie de flacons et d'éprouvettes s'alignaient le long de la muraille du fond. Les autres murailles étaient nues, sauf une où s'ouvrait une porte de chêne. Des vitrines voisinaient avec cette dernière : elles étaient remplies d'oiseaux et de petits animaux empaillés.

Il se trouvait donc dans un laboratoire de taxidermiste.

Tout à coup, un léger bruit attira son attention, et il vit un magnifique pigeon aux ailes mordorées picorer tristement les dalles nues.

L'oiseau portait à l'une de ses pattes une fine bague d'aluminium, comme en ont les pigeons voyageurs.

Immédiatement, une idée germa dans le cerveau du détective. N'était-ce pas un messager que le ciel lui envoyait ? Certes… mais comment l'utiliser ?

En vain, il martyrisait ses esprits qui semblaient lui refuser tout secours.

Soudain, un autre bruit attira son attention : des voix s'élevaient dans la rue, et ces voix parlaient en français.

— Viens prendre un verre chez Calixte Durieux, disait l'une d'elles, c'est à un pas !

Harry Dickson aurait pu jubiler ! Il savait où il se trouvait.

C'était dans une rue assez louche de Soho, où Calixte Durieux tenait un établissement mal famé que fréquentaient en général des Français émigrés et ayant mis la mer entre eux et la justice de leur pays.

D'un geste désespéré, il amena sa main droite vers sa poitrine : les chaînes avaient quelque jeu ! Ses doigts effleurèrent son stylo, s'en emparèrent.

Oh, veine… avec le porte-plume réservoir surgit un billet

de tramway, glissé par mégarde dans la pochette de son veston.

Il fallait écrire maintenant! Mais les quelques mots qu'il traça lui coûtèrent de la peine! A la fin néanmoins, ils étaient couchés sur le minuscule papier: *Soho. Près du bar Calixte Durieux. Cave. Taxidermiste. Avertissez Scotland Yard. Récompense. Harry Dickson.*

— Et d'un, murmura le détective en prenant une longue minute de repos.

» Petit! Petit! appela-t-il.

Ces mots, il ne put les émettre qu'au prix des plus atroces souffrances, car la poire d'angoisse faisait bien son office.

Le pigeon s'immobilisa mais n'approcha pas; Dickson sentit ses forces défaillir.

— Petit! râla-t-il, la bouche ampoulée et tordue.

Bonheur! La brave petite bête sembla comprendre l'appel désespéré de l'homme captif; à pas menus, elle s'approcha, hésita et enfin, fut à portée de sa main.

Il caressa doucement la petite tête emplumée et l'oiseau s'enhardit.

Docilement, il laissa glisser la missive dans l'anneau d'aluminium et puis sembla attendre un nouveau geste de son nouvel ami.

Oui, il fallait ouvrir la route au messager!

Harry Dickson promena des regards anxieux autour de lui.

Le carreau de ciment sur lequel il gisait était fendu en plusieurs endroits; nerveusement, il glissa ses doigts libres dans une des fentes: la pierre bougea.

Le détective redoubla d'efforts: ses doigts saignèrent, mais un gros morceau de ciment était dans sa main.

D'un nouvel effort qui lui coûta des larmes de souffrance, il put se tourner de côté, puis, de ses dernières forces, il lança la pierre contre la vitre du soupirail.

Le carreau, atteint en plein milieu, vola complètement en éclats.

Le pigeon, effarouché par le bruit de verre cassé, voletait peureusement autour de la pièce.

Mais ce bruit n'allait-il pas attirer les maîtres du lieu?

Le cœur du détective battait la générale... En effet, là-haut, un bruit de pas venait de s'élever. Des dalles sonnaient sous le coup sec d'une canne ou d'une béquille; puis les marches d'un vétuste escalier gémirent et les pas s'arrêtèrent devant la porte.

« Perdu ! », se dit sombrement Harry Dickson.

Mais le bruit des pas semblait inspirer autant d'effroi à la bête qu'à l'homme. Le pigeon sauta sur la table. Ses plumes frémirent au souffle d'air venant de la vitre brisée.

Une clé grinça dans la serrure.

Et soudain, l'oiseau se décida : comme un trait, il passa à travers l'ouverture béante. Harry Dickson entendit un coup d'aile s'évanouir dans l'air, lorsque la porte s'ouvrit.

Un homme chétif, qui s'aidait pour marcher d'une noueuse canne de néflier, entra, ferma soigneusement la porte derrière lui, glissa les verrous.

Il fit mine de ne pas voir le prisonnier, mais eut immédiatement les regards attirés vers le carreau cassé.

— Sales bêtes de gamins ! gronda-t-il d'une voix furieuse, que j'en tienne jamais un dans cette cave et je l'empaille comme un écureuil, sur une jolie branche, avec une noisette entre ses pattes !

Alors seulement, il coula un regard vers Dickson.

— Ah, vous, vous êtes tranquille au moins, dit-il. Attendez que j'aie posé mes volets et je m'occuperai de votre personne.

En gémissant et en se plaignant de rhumatismes, il hissa deux volets de bois peint devant le soupirail. La place devint obscure. L'homme alluma une forte lampe électrique dont la lumière crue tombait en plein sur la table.

— J'aime voir quand je travaille, expliqua-t-il.

Il se laissa choir sur un tabouret et se mit à considérer le détective d'un air critique.

— Il va me demander beaucoup d'ouvrage, ce sujet, dit-il à haute voix, mais en se parlant à lui-même. Les récipients de mes bains seront un peu justes, pour la mesure. Mais nous ferons les sections qu'il faudra, et ensuite nous recoudrons cela comme un complet. Eh, eh, comme un complet de belle coupe.

» Oui, monsieur, gloussa-t-il en s'adressant cette fois à Dickson.

» On m'a commandé de vous apprêter. Ne vous affolez

pas, je n'ai pas reçu ordre de vous faire souffrir. D'ailleurs, la souffrance inflige de vilains gestes à mes sujets et je suis avant tout un artiste.

» Ensuite, vous ferez un voyage dans un pays où l'on est passé maître depuis des milliers d'années dans le travail du genre. Aux Indes ? me demanderiez-vous, si vous aviez l'usage de la parole. Je n'ai reçu aucune instruction pour vous le cacher. Il est vrai que l'Egypte s'y connaissait mieux. La vieille Egypte et non celle d'aujourd'hui.

Il se tut et se mit à étaler un fouillis d'instruments de chirurgie sur la table. Puis il considéra de nouveau sa future victime.

— J'aime travailler sur des créatures vivantes, continua-t-il, même si elles sont endormies.

» Rien n'est plus curieux que de voir palpiter les entrailles et surtout le cœur. Il fait boum ! boum ! comme une cloche fêlée. Sans compter qu'il est beaucoup plus agréable de fouiller dans un corps chaud que dans un paquet de viscères glacés par la mort. Et n'oubliez pas l'attitude ! Mes sujets gardent l'expression absolue de la vie. Vous voyez que vous ne perdrez pas tout.

» Après tout, monsieur, que vous resterait-il de vie sur cette misérable terre ?

» Mettons que vous atteigniez le bel âge, comme on dit, et qu'il vous reste encore un demi-siècle à voir le soleil et la lune. Mais que seriez-vous alors ? Un petit homme ratatiné, gâteux et cacochyme. Pfuit ! Grâce au professeur Chuckle, vous resterez pendant des siècles tel que vous êtes maintenant : un bel homme, grand et fort, pétillant d'un semblant de vie robuste. Je suis convaincu que si vos chaînes n'étaient pas si solides, vous me baiseriez les mains par pure gratitude.

Il regarda autour de lui et poussa un grognement de colère.

— Mon beau pigeon que j'avais capturé ce matin a dû s'évader par cette méchante fenêtre cassée. Ah ! ces maudits garnements, ils ne respectent pas la science, pas même celle du professeur Chuckle.

Chuckle ! Le nom n'était pas inconnu au détective. C'était celui d'un professeur d'anatomie révoqué depuis de nombreuses années, pour complicité de vol de cadavres et de profanation de tombes.

Depuis, le bonhomme avait disparu et, à vrai dire, on ne se soucia pas de cette éclipse, car sa science était discutable et son renom déplorable.

Mais maintenant, Dickson se rendait compte que l'homme était fou, fou à lier, fou terriblement criminel.

Le dément semblait se disposer à passer à l'action. Il se leva, sa taille se redressa ; d'un pas qui n'hésitait plus, sans sa béquille, il s'approcha du captif.

Dickson put mieux voir son visage.

Celui-ci avait à peine une apparence humaine : les joues étaient flétries et ridées comme une pomme d'hiver ; une hideuse teinte bilieuse le teignait presque en vert ; les yeux clignotaient, jaunes aussi, derrière de gros verres convexes, et achevaient de lui donner une repoussante expression simiesque.

Debout devant le détective, il s'attardait dans une longue et vaine contemplation, murmurant des mots sans suite.

Harry Dickson calculait : plus d'une heure, presque deux devaient s'être écoulées depuis la fuite du pigeon voyageur, car le taxidermiste avait entrecoupé ses abominables confidences de longs et cruels silences qui auraient fait défaillir des nerfs moins solides que ceux du détective.

Soudain, d'un mouvement rapide, il défit la chaîne qui ceinturait sa victime.

Harry Dickson sentit des bras puissants se glisser sous son corps, le soulever avec une aisance qu'on n'aurait pas attendue d'un maigre escogriffe comme Chuckle, et le porter jusqu'à la table où il l'étendit soigneusement.

— A l'ouvrage ! dit-il. J'ai grande envie, pour une fois, de faire exception à ma méthode habituelle. Il se pourrait bien que le client vous préférât, monsieur, avec une tête grimaçante, cela ferait plus d'effet.

» Quant à crier, vous ne le pourriez pas, même si je vous écorchais vivant. Que pensez-vous de cette poire d'angoisse ? J'en suis l'inventeur et, entre nous, je n'en suis pas peu fier !

Ses mains tâtèrent les chaînes.

— Bon acier, marmotta-t-il.

Harry Dickson sentit les longs doigts froids du monstre, près de sa dextre.

Et cette main, il la reconnut : c'était celle qui sortait d'entre les volumes de la bibliothèque de Hodenham, au moment de sa capture.

Mais la propre main droite du détective avait quelque jeu ; elle agrippa soudain l'un des doigts tentaculaires et le tordit avec rage. L'os se cassa avec un bruit de branchette morte et Chuckle poussa un hurlement de douleur.

— Bête ! Sale, ignoble bête ! Ma main... oh, ma main !

Avec un rauquement sauvage, il s'empara d'un large couteau de boucherie et le leva au-dessus de la gorge de Dickson.

— Non, non, ce serait trop doux, après ce qu'il vient de me faire !

Les lunettes glissèrent quelque peu sur le nez crochu de l'homme et le détective vit le regard.

Oh... celui-là aussi, il se souvenait de l'avoir vu quelque part : mais où ?

— Je te découperai vivant, canaille !

— Non ! tonna une voix et, en même temps, les volets furent renversés et deux coups de feu éclatèrent contre le soupirail.

Chuckle poussa un nouveau ululement de douleur et se rua vers la porte.

Une troisième balle lui fut décochée du dehors. Malheureusement, elle le manqua, frappa un des verrous de fer, ricocha et alla briser la lampe.

De véritables coups de bélier furent alors donnés contre la fenêtre de la cave, et Harry Dickson entendit les voix furieuses de Tom Wills et de Goodfield, mais il entendit également glisser les verrous et tourner la clé dans la serrure : le monstre s'échappait !

La délivrance était proche pourtant. Tom Wills bondissait dans la cave et, à l'aide d'une forte pince, faisait sauter les chaînes qui tenaient son maître, et lui retirait l'odieux bâillon de la bouche.

— Vite ! cria le détective dès qu'il eut repris son souffle, essayez donc de l'attraper.

C'était bien plus vite dit que fait : la porte d'une cour

intérieure était ouverte, et celle-ci donnait sur un dédale de venelles et de courettes de Soho.

Des renforts de police furent réquisitionnés sur l'heure ; une battue en règle eut lieu mais elle ne donna aucun résultat : le taxidermiste criminel était parvenu à glisser entre les doigts de ses poursuivants.

Harry Dickson était de retour à Baker Street et avait déjà allumé sa fidèle pipe en bois de bruyère, quand la mémoire lui revint. Il poussa un cri qui fit accourir Tom Wills.

— Je l'ai reconnu, Tom, à son regard — par tous les saints ! C'étaient les yeux de la dame Simpson !

6. L'ennemi hésite

Tom Wills, l'œil en feu, se tourna vers Goodfield et son maître. Il ne comprenait rien à l'hésitation de ce dernier.

— Eh bien, oui, *moi*, j'ose émettre une hypothèse qui doit serrer la vérité de bien près, s'écria-t-il. Je crois que désormais tout ceci est clair comme du cristal de roche.

— On vous écoute, Tom, répondit le maître d'une voix tranquille.

— Je prends la fin comme début, commença le jeune homme avec quelque orgueil. C'est-à-dire que je m'en prends au professeur Chuckle, l'affreux taxidermiste qui a failli avoir votre peau, Mr. Dickson, et qui l'aurait eue sans l'arrivée du pigeon qui était précisément un pensionnaire de l'office colombophile de l'armée.

— C'est vrai, murmura Harry Dickson, voilà un détail que je ne puis oublier, merci de me l'avoir remis en mémoire, Tom.

— Chuckle, continua Tom Wills, plus fier que jamais, est un raté. Après sa révocation, il part aux Colonies, aux Indes. Il y devient, je ne sais encore comment, le Roi de Minuit. Je crois fort que son habileté de taxidermiste a dû être utile à cette montée en grade.

— Ingénieux, très ingénieux, en effet, ce que vous dites là, approuva Harry Dickson avec un sourire de sphinx. Ce qui fait que vous identifiez le fameux Roi de Minuit : ce serait, à votre avis, l'ancien professeur Chuckle ?

— Oui, c'est lui ! Et suivez-moi bien, maître, et vous aussi, Mr. Goodfield. Chuckle, de retour à Londres, se sent traqué par Hodenham. Il se rend à Wendley, pendant l'absence de ce dernier, s'introduit dans Elm-Lodge, tue Mrs. Simpson. Rappelez-vous le travail scientifique que fut la dissection de son cadavre, et Chuckle s'y connaît en anatomie !

» Hodenham entre, Chuckle le supprime.

» Puis il prend la place de Mrs. Simpson, ce qui ne doit pas lui être difficile, puisque le hameau n'est guère habité que par quelques lamentables crétins, que cette gouvernante menait une vie retirée, et qu'il ne compte rester que quelques jours dans la maison de son crime.

» Pourquoi veut-il y rester ? Probablement pour la fouiller à son aise, car il estime que Hodenham doit cacher quelques secrets profitables pour un coquin comme lui. Chuckle est un tueur, nous en avons eu la preuve au *Maybug*, puis à Wendley, et il y a deux jours à Soho, dans la cave infâme.

Tom se tut et promena autour de lui des regards triomphants.

Harry Dickson hocha doucement la tête.

— Ah, mon cher Tom, si j'avais un roman policier à écrire, je vous assure que je m'emparerais avec joie de cette hypothèse qui est tellement complaisante qu'elle mènerait sur des roulettes vers une belle et poignante fin. Malheureusement...

— Malheureusement... répéta Tom Wills d'une voix pointue.

— Une minute de patience, Tom, notre ami Goodfield va vous montrer la belle collection de captures nocturnes opérées par notre police dans les quartiers louches de Londres.

Tous trois se trouvaient, en effet, dans un des bureaux d'attente de Scotland Yard. C'était une pièce nue et triste, meublée d'une table noire, de quelques chaises grossières et d'un grand poêle bourré de coke qui ronflait de toutes ses forces.

Une chaleur d'étuve régnait dans la salle, faisant monter

une buée livide des vêtements mouillés des hommes. Un jour avare collait aux hautes fenêtres grillagées.

Dans le mur du fond, s'ouvrait un guichet carré nanti d'un grillage de fer bleu et pourvu d'un volet de bois.

Goodfield s'en approcha, fit glisser le volet, regarda attentivement dans la pièce d'à côté où s'ouvrait l'espion, puis fit signe à ses amis de le rejoindre.

Par le tamis de fer, on avait vue sur une longue pièce sale et nue, meublée de deux bancs bas, sur lesquels des hommes étaient assis dans diverses poses.

Un policeman à l'air morose se tenait près de la porte, surveillant d'un œil morne les tristes hôtes du lieu.

C'étaient des créatures appartenant à la lie de la société. Des ivrognes, de minables tire-laine, des matelots en rupture d'engagement, des déserteurs.

Tous ces visages suaient le vice, voire le crime.

— Nous ferons un triage là-dedans, dit Goodfield. Je suis certain qu'on y trouvera des sujets que Dartmoor ou Old Bailey réclament à cor et à cri.

Harry Dickson toucha son ami à l'épaule.

— C'est le dernier arrivé, n'est-ce pas ? Celui qui occupe le coin, qui dort comme une souche et qui pue l'alcool à dix pas.

— En effet, on l'a trouvé ce matin dormant dans le ruisseau, en plein quartier chinois de Limehouse. Faut-il le faire venir ici, Mr. Dickson ?

— J'allais vous en prier, Good, répondit le détective.

Par le guichet, le superintendant lança un ordre, et le policeman secoua rudement le dormeur.

Quelques minutes plus tard, l'homme parut dans le bureau, chancelant et hagard, toujours sous l'emprise de son ivresse nocturne.

— Quoi qu'on me veut ? demanda-t-il en hoquetant. J'ai rien fait de mal, je suis un gentleman. Je me plaindrai !

— Très bien, dit Goodfield, nous en reparlerons tout à l'heure. Je dois vous demander votre nom, c'est réglementaire.

— Eh bien, je me nomme John Smith, fut la brève réponse.

— Comme les deux tiers des citoyens d'Angleterre,

n'est-ce pas ? insista poliment Goodfield. N'auriez-vous pas un autre nom en réserve, sir ?

— Bon, si vous voulez, inscrivez le duc de Connaught, peu me chaut.

— Monsieur veut rire, répliqua Goodfield avec la même courtoisie.

— Aucun article de la loi ne pourrait m'en empêcher, dit à son tour l'ivrogne.

Il se tenait tantôt sur la jambe gauche, tantôt sur la droite, se dandinant à la façon d'un gros singe maladroit, riant niaisement. Pourtant, dans son regard, on aurait pu lire des traces d'inquiétude.

Harry Dickson n'avait pas encore soufflé mot ; il considérait l'individu avec une attention passionnée, puis soudain un fin sourire éclaira sa face.

— Comment allez-vous, docteur Chuckle ? dit-il tout à coup.

Ce fut comme un coup de foudre : l'homme recula de trois pas, s'appuya contre le mur comme s'il allait défaillir, puis se laissa choir lourdement sur la chaise la plus proche.

— Quel déshonneur ! murmura-t-il en se couvrant le visage de ses mains.

— C'est vrai, dit Harry Dickson avec quelque sévérité dans la voix. Un homme de votre valeur, Chuckle, avait l'occasion, malgré tout, de refaire sa vie. Il est vrai qu'en dépit de votre terrible vice d'ivrognerie, vous n'êtes pas encore tombé dans le crime, et que vous êtes resté un honnête homme, nonobstant votre vilain passé.

— Comment ! Que dites-vous là, maître ? s'écria Tom Wills, éberlué.

— Rien que la vérité, mon petit, répondit doucement le maître.

Le vagabond jeta un regard apeuré autour de lui : les visages des trois policiers présents parurent lui inspirer confiance ; les fumées de l'alcool se dissipaient.

— Pourquoi m'avez-vous arrêté et fait venir ici ? demanda-t-il sourdement. Il y a des milliers de sans-asile comme moi à Londres, et autrement intéressants à votre point de vue.

Il avait délaissé son parler traînard et crapuleux pour reprendre le langage civilisé d'un homme du monde.

Harry Dickson approuva.

— Nous pensons que vous avez quelque chose à nous dire, Mr. Chuckle, dit-il en insistant sur le « Mr. ».

L'ancien professeur y parut sensible car un peu de rougeur lui vint au front.

— Peut-être bien, murmura-t-il, je vis dans une stupeur étonnée. Je demande qui peut prendre intérêt à la disparition d'un pauvre diable déchu comme je le suis.

Le détective dressa l'oreille, mais il n'eut besoin de poser aucune question : Chuckle ne demandait pas mieux que de parler.

— Je vais vous faire un récit bien singulier, dit-il, mais auparavant, vous plairait-il de me donner un verre d'eau ?

Goodfield appela l'agent de service ; un bobby à la mine souffreteuse se présenta et le superintendant lui donna ordre d'apporter de l'eau fraîche.

Quelques minutes après, l'agent revint, posa un verre sur la table et s'apprêta à se retirer.

— Remplacez-vous Lammle ? lui demanda Goodfield. Je ne vous ai jamais vu ici.

L'homme salua respectueusement.

— J'appartiens à la brigade volante de Rotherhite, sir, et c'est en effet la première fois que l'on me détache à Scotland Yard. J'avais fait ma demande il y a un an déjà. Mon nom est Samuel Rodgers, et je suis recommandé par Sir Lewbridge.

— Oh ! s'écria Goodfield, voilà une bonne recommandation, mon garçon, et qui peut vous mener loin, si vous êtes intelligent et travailleur. Enfin, nous ferons plus ample connaissance tout à l'heure. Vous pouvez disposer.

Le policier se retira.

Chuckle étendit une main tremblante vers le verre ; un peu d'eau se renversa sur la table.

A la même minute, Harry Dickson lui arracha le verre des mains : une étrange odeur venait de monter de l'eau répandue — une fade et douceâtre senteur d'amandes amères.

— Par tous les saints ! s'exclama le détective après avoir flairé le verre et son contenu, mon pauvre Chuckle, vous avez failli ne jamais faire votre récit, car ce verre est bien la plus hideuse coupe à poison que je connaisse, puisqu'il contient, mélangée à l'eau, une honorable dose d'acide prussique.

— Encore ! gémit l'ex-professeur en devenant livide. Que me veut-on, à la fin ?

Goodfield bondit, comme mû par un ressort.

— Je ne connaissais pas cet agent ! s'écria-t-il, j'aurais pourtant dû me douter de quelque chose ; mais il parlait de Sir Lewbridge comme référence, et voyez-vous, Sir Lewbridge ne recommande pas les premiers venus.

Il fit au détective un signe que celui-ci comprit aussitôt : Sir Lewbridge ne recommandait que les agents pouvant être de quelque utilité dans les affaires d'espionnage.

Les recherches que Goodfield entreprit sur-le-champ ne prirent pas beaucoup de temps. Personne ne connaissait Rodgers, et personne ne l'avait vu. Mais on trouva le pauvre Lammle, fort mal en point, la tête salement travaillée à la matraque, dans un petit réduit de la vieille lampisterie.

Harry Dickson ne s'en émut guère ; au contraire, une lueur de satisfaction brillait dans ses yeux.

— « On » aurait bien voulu empêcher Chuckle, ici présent, de tomber entre nos mains, et ensuite faire en sorte qu'il ne pût faire le récit promis.

» Allez chercher vous-même un verre d'eau, Goodfield, et Mr. Chuckle, qui nous accompagnera dans votre bureau, nous racontera ensuite son histoire.

L'ancien professeur but coup sur coup deux verres d'eau gazeuse ; ses esprits semblaient revenus. Il se cala avec une satisfaction visible dans un des fauteuils et accepta avec reconnaissance un énorme cigare de tabac blond.

— Je ne vais pas vous retracer mon passé, commença-t-il, car vous ne semblez pas l'ignorer, messieurs. Je suis un homme tombé bien bas, bien que je ne sois pas du tout un malfaiteur, comme tout à l'heure ce gentleman a bien voulu le déclarer. Comme il arrive trop souvent dans le malheur, je me suis mis à boire, et je n'ai pas tardé à tomber au bas de l'échelle sociale. J'oubliais que j'avais été quelqu'un ; je m'occupais de quelques vagues travaux qui me rapportaient de quoi ne pas mourir de faim et surtout de quoi boire.

» Cela a dû durer longtemps, je ne sais... car le temps s'est arrêté pour moi.

» Pourtant, un peu de chance sembla vouloir me revenir, il y a quelques mois de cela.

» Je fis la connaissance, dans un cabaret de Soho, d'un gentleman âgé, qui prétendait avoir suivi en amateur un de mes cours. Il parut fort attristé de ma déchéance et m'offrit de m'aider dans la mesure de ses moyens.

» Il se disait intéressé dans un petit commerce de taxidermiste voisin qui avait périclité faute d'occupant.

» J'acceptai avec enthousiasme, et quelques jours après, je m'installais dans une cave, avec un attirail complet d'empailleur.

» Les premiers jours, mon bienfaiteur vint souvent me rendre visite. Je n'avais pas grand-chose à faire. Il m'apportait de menus cadavres de bêtes que je devais empailler. Puis ses visites s'espacèrent et je restai des semaines sans avoir à travailler. Mais chaque samedi, ma paye me parvenait régulièrement par la poste de la part d'un Mr. Cheyne de Battersea.

» L'inaction m'était fatale, et puis j'avais des rentrées régulières. Je ne quittai plus le cabaret.

» Un samedi, ma paye n'arriva pas. J'étais fort endetté chez Calixte Durieux, le cabaretier voisin de mon atelier, et je résolus d'aller trouver Mr. Cheyne à son adresse à Battersea.

» L'adresse était fausse.

» Je revenais bien marri, et ne sachant trop que penser, quand, en entrant dans ma cave, je fus brusquement saisi par la nuque, frappé sur le crâne avec un objet lourd, puis fourré dans un sac.

» Je n'étais pas évanoui, et je sentais que quelqu'un de très robuste me transportait comme s'il n'avait qu'un léger colis sur les épaules.

» Au bout de quelque temps, j'entendis l'homme pousser un juron : "Damnés flics !" Et puis, je fus jeté sur le sol et j'entendis mon ravisseur s'éloigner au pas de course.

» J'avais dans ma poche un de mes scalpels. D'un coup, je fendis la toile du sac et je me trouvai en liberté.

» Je crus vaguement reconnaître un quai de Wapping, mais n'eus guère le loisir de m'en rendre bien compte : j'entendis des pas qui revenaient.

» Blotti derrière une rangée de futailles, je vis une haute ombre s'approcher et chercher. A un certain moment, elle était si près de moi que j'aurais pu la prendre par le pan de son manteau.

» Mais je retins mon souffle, serrant dans mon poing le bistouri, résolu à défendre ma misérable vie.

» L'homme passait et repassait autour de moi, en maugréant. A la fin, il découvrit le sac fendu et poussa un véritable rugissement de fureur :

« — Satané soûlard ! Il me le faut pourtant ! Même si je devais chercher nuit et jour, il faut que je l'envoie dans la Tamise ! »

» Malgré ces terribles résolutions, il ne m'eut pas et je parvins à m'en aller.

» J'errai alors par les bas quartiers de Londres, n'osant pas travailler, mendiant un peu de gin à des matelots de rencontre, mais fuyant toujours devant un ennemi imaginaire, jusqu'au moment où la police mit la main sur moi.

Chuckle reprit haleine et murmura :

— Et maintenant, on veut m'empoisonner, à Scotland Yard même ! Serais-je devenu un être si encombrant pour quelqu'un que je ne connais pas ?

Harry Dickson sourit et secoua la tête.

— Tranquillisez-vous, docteur, j'ose prétendre que vous n'êtes plus en danger.

— Et pourquoi ? demanda Goodfield.

— C'est fort simple ; l'homme qui en voulait à votre vie a voulu vous empêcher de raconter votre histoire à Scotland Yard. Vous l'avez fait quand même.

» Dès ce moment, vous ne l'intéressez plus.

— Mais par vengeance, peut-être ? demanda peureusement Chuckle.

Le détective haussa les épaules.

— Il a bien d'autres chats à fouetter que de se venger de vous, docteur. Allez en paix. Je vous prie de bien vouloir accepter ce petit secours.

L'ex-professeur regarda avec étonnement les bank-notes que lui tendait Harry Dickson et n'osa les accepter.

— C'est beaucoup, murmura-t-il.

— Dieu fasse que ce soit suffisant pour vous remettre sur une voie meilleure, docteur, dit gravement le détective. Adieu!

Quand il fut parti, Goodfield et Tom Wills assaillirent littéralement le maître de questions. Harry Dickson fit un geste de la main.

— Tout cela va bientôt se tasser, mes amis. L'ennemi hésite, échafaude des plans pressés. Il va passer bientôt à la défensive, et nous aurons, pour nous, la furieuse action de l'offensive.

Il se tourna vers Tom.

— Pourtant, votre hypothèse de tout à l'heure flirte fort avec la vérité, mon garçon, et je ne puis vous refuser quelques compliments.

— Ne faudrait-il pas établir une souricière près de la cave du taxidermiste? demanda Goodfield.

Harry Dickson partit d'un grand éclat de rire.

— Pourquoi pas sur une scène de Drury Lane? demanda-t-il.

— Comment! s'indigna Tom Wills, il me semble que ce hideux repaire n'était pas un théâtre de marionnettes!

— Tout comme, mon garçon — mais nous parlerons de cela plus tard. Cela n'ôte rien au mérite que vous avez eu en me tirant de là. Mais je n'ai pas été une minute en danger de mort là-bas!

— Oh! s'exclamèrent à la fois Goodfield et Tom Wills, est-ce possible?

— Le danger pesait plutôt sur la pseudo-dame Simpson qui ne s'attendait pas à une si vive fusillade de votre part.

Harry Dickson devint plus grave.

— Mais c'est à présent qu'il s'agit d'être sur mes gardes. Le Roi de Minuit, comme vous voulez bien le nommer, n'a jamais pensé me tuer dans la cave de Soho mais, à partir de maintenant, il donnerait beaucoup pour avoir ma peau!

— Les énigmes! Toujours les énigmes! s'écria Tom Wills.

— Pas pour longtemps, Tom, répondit Harry Dickson en riant. Ce souverain des heures tardives est un être rudement habile, mais j'ai bon espoir de pouvoir l'être bientôt beaucoup plus que lui! Dans cette histoire qui est moins embrouillée qu'elle n'en a l'air, il manque encore quelque chose.

— Quoi donc, maître ? demanda Tom.

— Encore un cadavre, Tom, répondit pensivement le détective.

7. Le cadavre qui manquait

— N'y a-t-il pas d'autre chemin pour arriver à Elm-Lodge ?

Harry Dickson posait la question à mi-voix à son élève Tom Wills, en descendant, non à la halte de Wendley, mais à celle de Bushead-Junction.

Il faisait presque nuit noire, et le mauvais temps des premiers jours avait reparu et s'était même accentué.

— Par un grand crochet, nous atteindrons Wendley-village, et par là il est possible d'y arriver en choisissant une sorte de piste à travers champs, continua le détective en se courbant contre le vent debout. Cela ne fait pas mon affaire.

Il regarda autour de lui et vit luire dans le noir les fenêtres hautes du poste d'aiguillage.

— Voici un véritable phare, dit-il, qui a vue sur toute la campagne alentour.

» Peut-être que l'aiguilleur sera homme de bonne compagnie.

Ils marchèrent vers l'édicule et hélèrent l'homme qui les regardait venir.

— Hello, l'ami, peut-on vous dire un mot ?

Une voix méfiante répondit des hauteurs :

— Vous savez bien que l'accès des cabines d'aiguillage est interdit aux étrangers. Passez au large, sinon vous pourriez être mis à l'amende.

— C'est juste, repartit le détective, mais rien ne vous empêche de venir jusqu'à moi et de prendre note de mon identité. Affaires administratives.

Le mot porta, car l'employé descendit la roide échelle en

agitant une lampe-tempête qu'il brandit au-dessus de la tête des détectives.

L'examen de leurs visages dut le satisfaire, car, d'un ton plus amène, il demanda ce qu'on voulait de lui.

Le nom de Harry Dickson fit des merveilles : la consigne fut aussitôt levée, et l'employé les invita à venir s'installer dans la haute cabine.

— Il n'y a plus que deux convois de marchandises qui vont passer, dit-il, et une locomotive de manœuvre qui s'amusera à tourner quelque temps autour de la jonction avant de repartir pour Londres. Que de temps et de charbon perdus et quelle pagaille dans l'administration, n'est-ce pas ?

Le détective n'était pas venu pour entendre un employé de la ligne du Surrey se plaindre de la mauvaise gestion des affaires publiques.

Il posa sa question sans détour.

— Elm-Lodge, répondit l'aiguilleur en hochant la tête. Une sale histoire, hein ? Cela ne m'étonne point qu'on vous ait chargé de la débrouiller, Mr. Dickson, la pagaille doit déjà être aussi grande au Yard que dans le rail.

» Enfin, cela durera un temps... On a toujours cherché autour de la halte de Wendley, sans penser un instant qu'on aurait pu leur raconter à Bushead-Junction quelque chose de profitable.

Harry Dickson n'ignorait pas la jalousie qui régnait entre le personnel des différentes gares — sentiment assez puissant même pour refuser aide à la justice, et dicté uniquement par un mesquin dépit.

— Votre remarque est juste, dit-il, aussi me suis-je dit que l'on a eu tort d'ignorer Bushead-Junction et ce que l'on pouvait y apprendre.

L'homme poussa un grognement de plaisir et s'en fut prendre place devant le tableau électrique d'aiguillage. Des petites lampes rouges et vertes clignotèrent, des clapets s'abattirent avec un bruit sec. Le dernier convoi était signalé.

— Eh bien, dit l'employé en revenant vers ses visiteurs, le dernier soir, celui de la disparition de Hodenham, mon collègue Thursby a montré qu'il était un damné menteur. Mais paix à ses cendres, et ce n'est pas moi qui médirai d'un mort. Il se fait que ces messieurs de la police ne se sont pas même donné la peine de venir jusqu'à Bushead-Junction. Ce patelin devait leur sembler de bien minime importance. Fort bien, me suis-je dit, un mépris pour l'autre, et je ne me suis pas dérangé pour aller leur faire mes confidences.

— Je suppose que vous voudrez bien agir autrement avec moi ? demanda Dickson d'un air aimable. Je suis prêt à reconnaître vos services.

L'homme fit un geste poli de refus.

— Ce que j'ai à vous dire, Mr. Dickson, tient en quelques mots, mais ils sont d'importance. Qui donc, pensez-vous, est descendu ce soir-là, à Bushead-Junction et non à Wendley ?

Harry Dickson poussa un cri de surprise ; il sentit venir la révélation.

— Mr. Hodenham ! continua l'employé d'une voix triomphale, et il portait des bottes en caoutchouc, ce qui lui permettait de passer par le chemin noyé et d'arriver par un raccourci à Elm-Lodge !

Le détective s'était levé. Il était pâle. Il venait d'entrevoir toute la vérité.

D'une chaude poignée de main, il remercia le brave aiguilleur, qui ne voulut accepter le généreux pourboire de Dickson qu'après bien des insistances.

— Si vous allez par là, Mr. Dickson, et si vous voulez prendre le chemin noyé, rien n'est plus facile. C'est une route dure, bien qu'elle soit couverte de quelques pouces d'eau. Des piquets la délimitent. Quant aux bottes, ne vous en faites pas. Je chasse quelquefois dans le marais et j'en possède deux paires : une pour vous, une pour votre compagnon. Venez, le dernier convoi vient de passer et ma maison n'est qu'à deux pas.

Le détective accepta d'enthousiasme et, après une bonne lampée de rhum prise en coup d'étrier avec le brave aiguilleur, il partit avec Tom Wills sur la route murmurante comme un ruisseau, dans la faible clarté d'un quartier de lune passant de temps à autre entre deux nuées lourdes de pluie.

Ils marchèrent à la file indienne sans échanger un mot ; à deux reprises, Tom Wills entendit son maître murmurer :

— Ainsi, voici *sa* route. A Wendley, il aurait été vu, immanquablement. Mais il *lui* suffisait de prendre place sur un convoi de marchandises venant de Londres, et de le quitter à Bushead-Junction, ce qu'*il* a pu faire aisément sans être vu, et de gagner Elm-Lodge.

Tom s'enhardit à rompre ce soliloque.

— Votre *il*, peut-il avoir encore affaire à Elm-Lodge ?

— Certainement ! répondit avec netteté le détective.

— Et quoi donc, je me le demande ?

— Un voyage d'études, ricana Harry Dickson.

Le reste du chemin fut parcouru en silence, car un vent violent s'était levé, et les deux détectives avaient fort à faire pour ne pas s'égarer hors de la ligne des piquets jalonnant les eaux clapotantes.

Au loin, une toiture basse apparut enfin. C'était Elm-Lodge.

Ils s'en approchèrent en contournant la sinistre mare d'où ils avaient retiré le cadavre de femme, puis escaladèrent le mur de pierres sèches et avancèrent vers la porte de l'office.

La maison était silencieuse, sans aucune apparence de vie. Un peu au-delà, le hameau s'étendait tout aussi désert, car depuis le drame, ses habitants l'avaient abandonné pour se réfugier au village de Wendley.

Avant d'ouvrir la porte, le détective resta longtemps à épier les alentours et à écouter, l'oreille contre la porte.

Enfin, il fit signe à son élève.

— Je crois que la place est vide, dit-il en glissant un passe-partout dans la serrure.

La porte s'ouvrit aisément.

L'odeur de l'abandon stagnait déjà dans la demeure désertée. Des limaces avaient tracé de larges caractères d'argent sur les murs et une patine moite de moisissures vieillissait déjà les meubles.

Harry Dickson, lampe électrique au poing, se dirigea immédiatement vers la bibliothèque. Une large tache brune sur le plancher montrait encore la place où l'infortuné docteur Barley était mort sur l'obscur champ d'honneur du devoir.

Le détective déplaça les mêmes livres qu'il avait enlevés au moment où la main avait surgi devant lui, armée de son revolver meurtrier.

Un froid subit le pinça au cœur, comme s'il s'attendait à la voir réapparaître, mais, en lieu et place, il ne vit que la muraille nue.

— Il y a une chambre secrète là-derrière, dit-il. Avec Hodenham, cela est compréhensible. Je ne puis malheureusement perdre ma nuit à sonder cette muraille qui me semble assez massive. Cherchons le mécanisme, car il doit y en avoir un.

Une petite ombre courut soudain sur le mur et disparut.

Le détective reconnut une scolopendre.

« Tiens ! où ce vilain insecte a-t-il pu se défiler de la sorte ? » se demanda-t-il.

Il lui fallut quelques minutes pour découvrir une fente de bien innocente apparence entre deux briques.

— Votre couteau, Tom ! ordonna-t-il.

La lame suivit le chemin de la scolopendre, dans la fente. Elle s'enfonça de quelques centimètres, toucha un obstacle et soudain, le déclic se produisit.

Une partie de la bibliothèque tourna sur des gonds invisibles et une ouverture suffisante pour livrer passage à un homme se détacha dans le mur.

La lumière de la lampe de Tom Wills y pénétra devant eux et découvrit un petit réduit obscur, vide...

Non ! Pas vide, puisque le jeune homme tira son maître en arrière :

— Il y a un homme, maître... là, dans un coin, assis sur une chaise.

— Je le sais bien, répondit froidement le détective, c'est lui que je suis venu chercher ici.

Il s'avança dans la chambre secrète et la clarté de sa lanterne tomba sur un visage aux traits assez réguliers encadrés d'une belle barbe noire.

L'homme, habillé d'un complet de bonne coupe, était assis les bras croisés. Il fixait résolument le détective qui s'approchait de lui.

Tom Wills leva son revolver, mais Harry Dickson se mit à rire doucement.

— C'est inutile, mon garçon, il ne peut nous faire du mal tel qu'il est.

» C'est, en effet, la créature qu'il me fallait encore pour forger la grande chaîne : c'est le cadavre qui manquait !!!

8. Le Roi de Minuit

La chambre secrète d'Elm-Lodge leur révéla encore quelque chose. Notamment un petit coffre-fort, caché de la plus habile façon, et que le détective parvint à ouvrir après de longs tâtonnements.

Il contenait une magnifique collection de pierres précieuses, des émeraudes, quelques diamants bruts et surtout des rubis.

— La chaîne se ferme complètement, Tom, dit Harry Dickson avec un sourire satisfait. Maintenant, nous avons une heure devant nous pour faire disparaître toutes nos traces. *Toutes,* entendez-vous !

— Et les pierres ?

— Gardez-vous bien d'y toucher !

Il faisait encore nuit noire quand ils furent de retour à Bushead-Junction.

Déjà leur ami l'aiguilleur avait repris son service matinal, car les fenêtres de sa cabine rougeoyaient.

— J'aimerais aller à Londres sans être vu de personne, lui dit Dickson, et je vous prie instamment de ne dire à personne, mais à personne, que je suis venu ici.

L'employé leur promit solennellement la discrétion la plus absolue, et leur conseilla de prendre place dans un wagon vide du premier convoi de marchandises qui arriverait.

Londres fut ainsi atteint, et après avoir pris un bon bain, puis un plantureux déjeuner, Harry Dickson annonça qu'il ne fallait plus perdre un instant.

Ils s'en allèrent droit dans la City chez un joaillier réputé, qui les reçut et resta longuement en conférence avec eux.

A la suite de cette entrevue, Tom Wills se rendit aux

bureaux de la rédaction des plus grands journaux de Fleet Street, pour y faire insérer l'annonce suivante :

Les joailliers Perkins & Maddison, dans le Strand, désirent entrer en relation avec personnes souhaitant vendre pierreries de grand prix. Discrétion garantie. Un employé de confiance se rendra personnellement à domicile avec pouvoirs de traiter.

Trois jours se passèrent sans offre bien sérieuse pour Perkins & Maddison, mais le quatrième jour, on appela Harry Dickson au téléphone.

— Un Hollandais du nom de Van Dyvelt, descendu au *Claridge*, désire recevoir la visite de notre employé, lui dit-on.

Scotland Yard fut alerté une minute plus tard.

— Depuis combien de jours le nommé Van Dyvelt est-il descendu au *Claridge* ? demanda le détective.

La réponse ne se fit guère attendre.

— Depuis deux jours, Mr. Dickson.

« Le lendemain de la parution de l'annonce donc, se dit le détective, cela va bien. »

Puis il appela le *Claridge* et demanda à parler à Mijnheer Van Dyvelt.

Une voix lui répondit en mauvais anglais que Mr. Van Dyvelt attendait au téléphone.

— Je suis Mr. Cartwright, de la firme Perkins & Maddison, expliqua Harry Dickson en changeant le timbre de sa voix. Je vous prie de m'excuser si je ne viens pas aujourd'hui. N'oubliez pas que nous avons déjà des offres très sérieuses et que vous avez le sixième tour. Pourriez-vous attendre huit jours ?

— Jamais de la vie, répondit la voix mécontente du Hollandais, je dois repartir d'ici deux jours, trois au plus.

— Mon Dieu, comme je le regrette, Mr. Van Dyvelt ! Mais attendez, peut-être que vous pourrez nous être très utile tout de même. Depuis trois jours, nos offres ont subi une certaine altération, car de nombreux rubis nous ont été présentés. Il se fait pourtant que nous serions acheteurs à très haut prix de saphirs très purs. Ne pourriez-vous nous aider ? Nous serions très heureux de pouvoir nous entendre avec vous.

Un nouveau grognement de mécontentement se fit entendre, puis Mr. Van Dyvelt répondit de mauvaise grâce que cela était peut-être possible, et que, s'il le fallait, il prolongerait son séjour.

— Très bien, dit Harry Dickson quand il eut raccroché le téléphone, voilà ce qu'il nous fallait pour le moment.

Tom reçut l'ordre de surveiller aussi étroitement que possible ledit Van Dyvelt. Le premier jour cependant, il revint désenchanté.

Le Hollandais ne quittait pas sa chambre, et il n'avait pu l'entrevoir. Seulement, il savait qu'il s'était fait monter du porto à plusieurs reprises.

Le second jour passa comme le premier, mais le troisième fut autrement fertile en événements.

Comme le jeune homme flânait dans le hall de l'hôtel, il vit un homme au teint basané, facile à reconnaître pour un enfant de l'Inde malgré ses habits à l'européenne, se diriger vers le bureau de réception.

Un domestique le suivait, homme de couleur lui aussi.

Le secrétaire de l'hôtel leva la main, puis se la passa dans les cheveux.

C'était un signal que Tom reconnut, car il était de connivence avec l'employé.

Les deux Hindous prirent place dans l'ascenseur ; le domestique, lui, portait une énorme malle-valise.

Une heure s'écoula, puis l'homme revint seul, sans valet, mais portant lui-même la valise. Il refusa du geste les offres de service du groom, marcha vers le perron et y fit avancer un taxi.

Tom le vit partir et soudain, son regard fut attiré par une tache sur le marbre blanc des dalles du perron. C'était du sang frais et il se trouvait à l'endroit où la valise avait été déposée pendant les quelques instants qu'il avait fallu à l'étranger pour héler une voiture.

La résolution du jeune homme fut vite prise ; il appela le secrétaire de l'hôtel :

— Mr. Plummer, téléphonez à Scotland Yard, dites-leur qu'ils arrivent avec un car de police et qu'ils tâchent de me retrouver. Je prends place dans un taxi qui se dirigera à la suite de celui de l'Hindou. Je crois qu'il se dirige vers les India Docks.

— *All right*, Mr. Wills!

Tom prenait place dans un taxi au moment où le premier tournait déjà le coin de l'avenue, se dirigeant vers l'Embankment.

Un embarras de voitures lui permit de ne plus le perdre de vue.

Comme il l'avait pensé, la première voiture filait vers les bas quartiers maritimes. Ah! si l'auto de police pouvait l'atteindre avant que les Docks ne fussent en vue. Une fois au but, l'Hindou aurait beau jeu...

Tom Wills s'énervait, car le décor se faisait de plus en plus louche et peu propice à une action de police qui devrait passer inaperçue.

Tout à coup, un mugissement de sirène retentit derrière lui : l'auto du Yard arrivait. Tom lui fit signe. Sans même arrêter sa voiture, un officier de police bondit sur le marchepied du taxi de Tom Wills et prit place à côté de lui.

— Mettez-vous en travers de la voiture que je poursuis, dit Tom, empoignez le passager sans mot dire, et fourrez-le dans la vôtre. Surtout, n'oubliez pas sa valise. Faites comprendre au chauffeur du taxi que s'il bavarde, cela lui coûtera cher!

— Bravo, mon cher Wills, voilà de l'action ou je ne m'y connais pas, dit l'officier de police en serrant la main au jeune homme. Assisterez-vous à la capture, au moins ?

— Non, amenez le bonhomme et sa valise au Yard, j'y viens à l'instant avec mon maître, Mr. Dickson.

Tom Wills n'assista donc pas à l'abordage du taxi par l'auto de la police, mais une demi-heure plus tard, il arrivait au bureau de Goodfield, accompagné de son maître.

— Quelle histoire! cria Goodfield dès qu'il les aperçut.

Les détectives virent un homme affalé sur une chaise, immobile... c'était l'Hindou que Tom avait fait capturer.

— Il s'est empoisonné, déclara Goodfield, au moment où il prenait place sur cette chaise; il n'a pas dit un mot.

— Je voudrais savoir ce qu'il y a dans sa valise, dit Tom.

Goodfield se pencha sur la malle plate et l'ouvrit... Il se jeta en arrière avec un cri d'horreur.

Le cadavre du domestique hindou, affreusement tordu,

réduit au plus strict volume (ce qui était aisé avec ce long corps décharné), avait été introduit de force dans la sinistre valise.

Harry Dickson examina rapidement le corps meurtri.

— Tous les os sont brisés, dit-il, c'est le digne pendant des morts du *Maybug*. Allons, nous devons en finir. Il ne faut plus qu'un homme succombe par la faute de ce monstre.

» Six agents, Good, et des plus solides. Auparavant, je téléphone.

Harry Dickson demanda le *Claridge* et puis Mr. Van Dyvelt.

— Ah! c'est vous, Cartwright, répondit le Hollandais, vous tombez bien.

» Je vous attends, car je viens de recevoir les saphirs demandés.

— Et dire qu'il ne ment pas cette fois-ci! ricana Dickson en fermant l'appareil.

La voiture de Dickson, suivie par celle de la police, s'engagea dans la cour d'honneur de l'hôtel.

Tom, qui regardait à la portière, se laissa tout à coup tomber dans les coussins avec un frisson de terreur.

— Maître! Savez-vous qui je viens de voir? Regardez à la fenêtre des appartements de Van Dyvelt!

— Oui! répondit Harry Dickson.

— Comment?... Mais... c'est le cinquième cadavre!

— Mais certainement, répondit froidement Harry Dickson, je le sais bien, et dans quelques minutes, je vous donnerai toutes les explications désirables sur ce mystère. Voici les ordres maintenant.

» Prenez position dans la cour. Si le cinquième cadavre, comme vous le dites si bien, essaie de faire le vivant en s'échappant par la fenêtre, tirez-lui dessus et ne le ratez pas. Quant aux agents, je leur demande de se ruer dans la chambre dès qu'ils entendront du remue-ménage, car il y en aura.

Harry Dickson prit place dans le *lift* et frappa à la porte de l'appartement portant le numéro 35.

— Entrez! dit la voix du Hollandais.

Il fallut à Dickson surmonter une certaine répulsion

quand il vit devant lui, en pleine vie, l'étrange cadavre d'Elm-Lodge, le cadavre qui manquait !

Le Hollandais était grand, maigre, se tenait un peu voûté. Sa courte barbe noire lui donnait un air vaguement satanique.

— Cartwright ? demanda-t-il.

Harry Dickson s'inclina. Il vit sur la table des bouteilles de porto et un jeu de cartes étalées pour une réussite.

— Avez-vous les saphirs, sir ? demanda-t-il.

Il leva les yeux sur le Hollandais mais, aussitôt, il vit que la comédie était percée à jour : l'autre le reconnaissait.

D'un bond, Van Dyvelt fut sur lui, le souleva comme une plume, le serra contre sa poitrine.

Harry Dickson sentit une douleur affreuse, comme si tout son corps se broyait dans une étreinte fantastique. Il lança une ruade désespérée.

Une chaise et des bouteilles se renversèrent.

Et, comme un ouragan, les agents de Scotland Yard firent leur entrée et se jetèrent sur le malfaiteur.

Quelle force surhumaine ! Harry Dickson roula sur le plancher, les agents furent secoués comme des mouches, tandis qu'avec un élan de folie, l'énergumène bondissait à travers la haute vitre d'une des fenêtres.

Un coup de feu retentit dans la cour.

Tom Wills n'avait pas manqué son tir : l'homme roula sur les dalles de la cour d'honneur, la tête traversée d'une balle, et, chose étrange, son cadavre rendit un bizarre son métallique.

L'ordre avait été formel : l'inconnu, mort ou vivant, devait être transporté immédiatement à Scotland Yard où Sir Adam attendait déjà.

Le haut fonctionnaire regarda fixement le corps mutilé.

— Voilà donc le Roi de Minuit, dit-il.

— Non, répondit Harry Dickson.

— Que dites-vous, Mr. Dickson ?

Pour toute réponse, le détective arracha la barbe noire, la perruque, enleva une partie de nez en cire. Des exclamations de stupeur retentirent.

C'était Mr. Hodenham.

9. Où Dickson s'explique

Harry Dickson s'installa devant le cadavre, comme s'il voulait le prendre à témoin de ce qui allait suivre, puis il parla d'une voix lente et égale, comme s'il se fût agi d'expliquer un théorème de géométrie.

— Suivez-moi bien : Hodenham, sur ordre de ses chefs, suit un certain révolutionnaire hindou, appelé le Roi de Minuit, créature dont l'importance est pour le moins exagérée.

» Ce Roi de Minuit, que je continue à désigner par ce nom car je ne lui en connais pas d'autre et cela n'a vraiment aucune importance, a vent de cette poursuite. Comment, me demanderez-vous ?

» Eh bien, parce que Mr. Hodenham a fait en sorte qu'il le sache !

» Et Mr. Hodenham se laisse suivre par le Roi de Minuit.

» Il sait que ce soir-là, il le traquera jusqu'aux Ormes, mais qu'il descendra à Bushead-Junction, parce qu'il porte des bottes en caoutchouc qui lui sont nécessaires pour traverser le chemin noyé, et qu'il s'est donné les allures de Mr. Hodenham lui-même.

» Dans l'après-midi de ce mémorable jour, Mr. Hodenham a établi une ligne clandestine de télégraphe et signale le passage d'un convoi nocturne à Wendley. Pourquoi ? *Parce qu'il ne veut pas être accompagné par Thursby pendant son retour au hameau !*

» Il détruit ensuite sa ligne d'une façon très grossière et laisse tomber une pierre aventurine dans la boue de la maison vide où il a opéré.

» En faisant cela, il signe son forfait d'une griffe hindoue, c'est du moins ce qu'il croit réaliser...

» Puis, Mr. Hodenham descend à Wendley et s'en retourne seul vers Elm-Lodge qu'à votre idée, il n'atteindra jamais !

» Soyez tranquilles ! Il y arrivera parfaitement ! Il y boira même sa bouteille de porto et y fera sa réussite quotidienne. C'est le Roi de Minuit qui ne reviendra plus !

» Je vois bien Mr. Hodenham marcher sous la pluie, observant parfaitement la tête de route où il sait que le Roi de Minuit sera aux aguets.

» Celui-ci de chasseur est devenu gibier, mais il ne s'en doute guère.

» Il s'apprête à en finir avec Mr. Hodenham.

» Mais Mr. Hodenham voit très bien l'ombre embusquée derrière un tronc de peuplier trop mince pour bien la cacher.

» Très simplement, il tue le Roi de Minuit d'un coup de revolver.

» Voici le premier acte du drame.

» Le second connaît à peine un entracte.

» Bien qu'on eût pris soin de me le cacher, j'ai su que Mrs. Simpson appartenait, elle aussi, à l'Intelligence Service, et cela dans le but... de surveiller Mr. Hodenham lui-même. Ah ! on se méfie dans le Service, et pour cause.

» Hodenham, qui est un bonhomme rudement habile et qui ne laisse rien au hasard, sait qu'il n'y a aucune complicité à attendre d'elle.

» Depuis longtemps déjà, il médite l'exécution de cette espionne domestique.

» Il est homme d'action. Il entre dans sa demeure et quelques instants après, Mrs. Simpson n'est plus qu'un cadavre, elle aussi.

» Hodenham est bon chirurgien et, comme nous le verrons bientôt, excellent taxidermiste. La pauvre Mrs. Simpson est proprement découpée et confiée aux mares les plus profondes de l'endroit. Nous avons retrouvé une partie de sa triste dépouille.

» Hodenham a eu tout le loisir d'étudier sa gouvernante. Il ne lui est guère difficile de se mettre dans sa peau.

» Nous y avons tous été pris, et sous les atours de Mrs. Simpson, Hodenham nous a tous grugés.

» Le porto et les cartes ont failli lui jouer un tour, mais j'avais pensé que la gouvernante aurait pu hériter des penchants de son maître, et cela me fit dévier d'une très bonne piste, je l'avoue.

» Puis Hodenham a embaumé très proprement le

cadavre du Roi de Minuit, l'a installé dans son cabinet secret, car il avait grand besoin de l'étudier. Oui, il désirait se mettre dans la peau du personnage !

» Cela pour son seul profit pourtant !

» N'avait-il pas appris que des mandataires allaient venir des Indes apporter d'énormes subsides au roi des ténèbres ? Et ces fortunes, il désirait se les approprier. Rien que cela !

» Mais le véritable Roi de Minuit avait un don que Mr. Hodenham, lui, était loin de posséder. Il jouissait d'une force herculéenne. Il tuait les hommes à la façon des ours ! Et, chose affreuse, c'était là un signe de reconnaissance. Car chaque mandataire était suivi d'un fanatique hindou que le Roi de Minuit avait pour mission de tuer d'une étreinte.

» C'est alors qu'il a conçu ces bizarres membres d'acier qu'il parvenait à glisser dans ses vêtements, et dont les terribles ressorts accomplissaient l'œuvre de mort. Cela explique les cadavres du *Maybug* et celui de la valise.

» Les mandataires toutefois versaient leurs formidables oboles en pierreries ; c'est ce que j'ai compris en trouvant une superbe collection de joyaux dans le coffre-fort secret d'Elm-Lodge. Il fallait donc trouver acquéreur.

» Et, ici, Hodenham s'est montré le moins fort, parce qu'il n'avait pu prévoir d'avance l'occasion. Il n'était doué que lorsqu'il avait tout préparé de longue date.

» Témoin le grotesque intermède de Chuckle.

» Hodenham savait bien qu'on m'aurait appelé à la rescousse. Il désirait avant tout me fausser les idées. Il connaissait l'histoire de Chuckle, et il l'a installé dans le laboratoire souterrain de Soho. Enfin, il a réussi à me capturer, et m'a fait passer par toutes les affres d'une prochaine torture. Comédie ! Je dois dire, avec une admiration sans bornes, que le bonhomme avait prévu le coup du pigeon, de la vitre brisée. Il avait laissé une de mes mains libre et, à portée de celle-ci, une dalle descellée. Le pigeon voyageur appartenait au colombier de l'armée. Il savait que le Yard serait bien vite averti.

» Et cela pour qu'en mon esprit je puisse confondre le Roi de Minuit avec le docteur Chuckle, que lui, Hodenham, avait décidé de faire disparaître.

» Chuckle : Roi de Minuit, assassin de Mrs. Simpson et ayant pris sa place ! Sur quelle terrible piste allait-il nous mener ?

» Pendant ce temps, il recevait les hommages somptueux des révoltés hindous, faisait fortune et parvenait à disparaître à son tour.

» Ah ! l'habile homme, et quelle force de déduction dans cette cervelle !

» Car Hodenham n'a rien laissé au hasard. J'ose presque prétendre qu'il avait un don de prescience, car, à peu de chose près, tout ce qu'il avait prévu est arrivé. Au fond, messieurs, il n'a fait qu'une faute.

— Et laquelle donc ? demanda-t-on.

— Il a négligé Bushead-Junction et son chef de gare. Il a regardé au-dessus du képi galonné de ce digne fonctionnaire.

» Faute d'un point, Martin perdit son âne. Il y a des dictons qui ont des allures de vérités éternelles.

LE TEMPLE DE FER 5
LE ROI DE MINUIT. 63

Librio est une collection de livres à 10F réunissant plus de 100 textes d'auteurs classiques et contemporains.
Toutes les œuvres sont en texte intégral.
Tous les genres y sont représentés : roman, nouvelles, théâtre, poésie.

Alphonse Allais
L'affaire Blaireau
A l'œil

Richard Bach
Jonathan Livingston
le goéland

Honoré de Balzac
Le colonel Chabert

Charles Baudelaire
Les Fleurs du Mal

René Belletto
Le temps mort
- L'homme de main
- La vie rêvée

Pierre Benoit
Le soleil de minuit

Bernardin de Saint-Pierre
Paul et Virginie

André Beucler
Gueule d'amour

Alphonse Boudard
Une bonne affaire

Ray Bradbury
Celui qui attend

John Buchan
Les 39 marches

Francis Carco
Rien qu'une femme

Jacques Cazotte
Le diable amoureux

Muriel Cerf
Amérindiennes

Jean-Pierre Chabrol
Contes à mi-voix
- La soupe de la mamée
- La rencontre de Clotilde

Andrée Chedid
Le sixième jour
L'enfant multiple

Bernard Clavel
Tiennot
L'homme du Labrador

Jean Cocteau
Orphée

Colette
Le blé en herbe
La fin de Chéri
L'entrave

Corneille
Le Cid

Didier Daeninckx
Autres lieux

Alphonse Daudet
Lettres de mon moulin
Sapho

Denis Diderot
Le neveu de Rameau

Philippe Djian
Crocodiles

Fiodor Dostoïevski
L'éternel mari

Arthur Conan Doyle
Sherlock Holmes
- La bande mouchetée
- Le rituel des Musgrave
- La cycliste solitaire
- Une étude en rouge
- Les six Napoléons
- Le chien des Baskerville*

Alexandre Dumas
La femme au collier
de velours

Claude Farrère
La maison des
hommes vivants

Gustave Flaubert
Trois contes

Anatole France
Le livre de mon ami*

Théophile Gautier
Le roman de la momie

Genèse (La)

Goethe
Faust

Nicolas Gogol
Le journal d'un fou*

Frédérique Hébrard
Le mois de septembre

Victor Hugo
Le dernier jour
d'un condamné

Franz Kafka
La métamorphose

Stephen King
Le singe
La ballade de la
balle élastique
La ligne verte
(en 6 épisodes)

Madame de La Fayette
La Princesse de Clèves

Gaston Leroux
Le fauteuil hanté*

Longus
Daphnis et Chloé

Pierre Louÿs
La Femme et le Pantin

Howard P. Lovecraft
Les Autres Dieux

Arthur Machen
Le grand dieu Pan

Félicien Marceau
Le voyage de noce de Figaro

Guy de Maupassant
Le Horla
Boule de Suif
Une partie de campagne
La maison Tellier
Une vie

François Mauriac
Un adolescent d'autrefois*

Prosper Mérimée
Carmen
Mateo Falcone

Molière
Dom Juan

Alberto Moravia
Le mépris

Alfred de Musset
Les caprices de Marianne

Gérard de Nerval
Aurélia

Ovide
L'art d'aimer

Charles Perrault
Contes de ma mère l'Oye

Platon
Le banquet

Edgar Allan Poe
Double assassinat dans la rue Morgue
Le scarabée d'or

Alexandre Pouchkine
La fille du capitaine
La dame de pique

Abbé Prévost
Manon Lescaut

Ellery Queen
Le char de Phaéton
La course au trésor

Raymond Radiguet
Le diable au corps

Vincent Ravalec
Du pain pour les pauvres

Jean Ray
Harry Dickson
- Le châtiment des Foyle
- Les étoiles de la mort
- Le fauteuil 27
- La terrible nuit du Zoo
- Le temple de fer

Jules Renard
Poil de Carotte

Arthur Rimbaud
Le bateau ivre

Edmond Rostand
Cyrano de Bergerac

Marquis de Sade
Le président mystifié

George Sand
La mare au diable

Erich Segal
Love Story

William Shakespeare
Roméo et Juliette
Hamlet
Othello

Sophocle
Œdipe roi

Stendhal
L'abbesse de Castro

Robert Louis Stevenson
Olalla des Montagnes
Le cas étrange du Dr Jekyll et de M. Hyde

Bram Stoker
L'enterrement des rats*

Léon Tolstoï
Hadji Mourad

Ivan Tourgueniev
Premier amour

Henri Troyat
La neige en deuil
Le geste d'Eve
La pierre, la feuille et les ciseaux
La rouquine

Albert t'Serstevens
L'or du Cristobal
Taïa

Paul Verlaine
Poèmes saturniens
suivi des Fêtes galantes

Jules Verne
Les cinq cents millions de la Bégum
Les forceurs de blocus

Vladimir Volkoff
Nouvelles américaines
- Un homme juste*

Voltaire
Candide
Zadig ou la Destinée

Emile Zola
La mort d'Olivier Bécaille
Naïs*

* Titres à paraître

Achevé d'imprimer en Europe
à Pössneck (Thuringe, Allemagne)
en avril 1996
pour le compte de EJL
27, rue Cassette 75006 Paris

Dépôt légal avril 1996

Diffusion France et étranger
Flammarion